오래된 것들을 생각할 때에는

오래된 것들을 생각할 때에는

고형렬 시집

창비

차
례

제1부 · 가까운 그 빛의 추억 같은

012 물고기의 신화

013 풀편(篇)

014 파도의 시

015 사북(朔北)에 나갔다 오다

018 흰 구름과 풀

019 돌의 여름, 플라타너스

020 약(弱)

022 건너갈 수 없는 그 빛을 잡다

024 나뭇가지와 별을 쳐다보며 1

026 나뭇가지와 별을 쳐다보며 2

028 과학의 날

030 감자

031 전철 인생

032 은

034 용문산엔 노숙자가 없다

036 UFO

037 이미 나는 그때 죽었다

040 멸치 1

041 두마리 고양이

042　　종로 5가에서 사가지고 온 달리아 뿌리

044　　새들의 죽음

046　　다시 오지 않는 길에 서서

048　　오늘 저녁 오리들은 뭘 먹지

049　　그 집 아이

제2부 · 비선대와 냉면 먹고 가는 산문시

052　　북천은 너무 오래되었기 때문에

054　　중부지방에서 살고 있다

056　　흰 비둘기 아파트

058　　203호 우편함에는

060　　거주 이전의 자유에 대한 신청

062　　그는 작은 사진 속에서

063　　비선대(飛仙臺)

066　　비선대와 냉면 먹고 가는 산문시 1

068　　헤어지다, 그 겨울 혜화역에서

070　　아무래도 알 수 없는 슬픔으로

072　　서울의 겨울을 지나가면

074　　써지지 않는 시 한편

076　　어디서 사슴의 눈도 늙어가나

078   외설악

080   나여, 오늘 촉석루나 갈까요

082   비선대와 냉면 먹고 가는 산문시 2

084   하나의 구멍과 소외된 아흔아홉의 구멍

086   선풍기 나라

088   거미막을 밟다

090   천장을 쳐다보다

092   롤러코스터, 어디까지 보이니?

093   밤하늘의 별들이 좀더 밝았으면

094   흰 구름의 학이 되어

097   벌써 2020년대가 왔어요

제3부 · 먼지 사람들

100   사람 비스킷

102   저녁의 상공(上空)

103   죽은 시인의 옷

104   멸치 2

106   먼지의 패러독스

108   스티코푸스과의 해삼

110   노크

112   아버지 게놈 지도 한장

115   흰 구름과 북경인(北京人)

118   물방울, 물방울, 오직 물방울만

120   너의 나라 다도해에서

122   고층 지붕 위의 남자

124   또 공항으로 갈 때가 되었나

126   가족의 심장 속에서

128   아로니아의 엄마가 될 수 있나

130   이층을 쳐다보는 논개구리

132   시인별을 마주 보는 밤

134   오늘 망각의 강가에

136   표선(表善)에 간 적 있다

138   키르기스스탄의 달

140   사서함의 가벼운 눈발

142   서울, 어느 평론가와 시인과 함께

144   서울 사는 K시인에게

146   보청기 사회

제4부 • 아직까지 알려지지 않은 사실이 있었습니다

150   연한 주황색

151   도무지 슬프지 않은 어떤 시간 속에서

152   둥그런 사과

154   밤의 밤을 지나가다

156   밤의 땅속으로

158   수저통

160   날뛰는 시간의 치마(馳馬)

162   그 여자 기억상실 속에서

164   지네

166   아직도 생각하는 사람에 대한 착각

168   영혼과 싸움

169   둥근 열매를 쳐다보다

170   엉뚱하게 태양에게

172   죽은 어느 청춘의 도서관에서

173   서 있는 불

174   공포의 시집이 도착한다

176   인형괴뢰사

177   총알오징어

178   꽃씨

180   폐렴의 시대

182   내부의 나뭇가지

184 어느 빌딩의 일조권에 대해

186 부패의 세계 속에서는

188 그 도시, 백층 기념 축시

190 슬픈 거실(居室)

192 시의 옷을 입다

193 시인의 산문

제 1 부

가까운 그 빛의 추억 같은

물고기의 신화

새는 노출되어 있고 물고기는 숨어 있다
새는 불안하고 물고기는 은자이다
그래서 새는 흰 구름이 되어도 좋다고 했고
물고기는 그럴 필요가 없었다
그들이 전혀 모르는 상태에서 세상이 끝난 뒤
물고기는 흰 구름이 될 수 없었다
새가 흰 구름이 될 때 물고기들은 새가 되었다
사람이 없는 어느 세상에서인가
흰 구름이 물이 될 때 물고기들은 새가 되었다
그로부터 지금까지 이 세상은
저 미래의 끝을 향해 노래하며 죽고 살며
흘러갔고
나 외에 아무도 모르는 곳에 당도했다
불안한 곳에 살았던 새들이 구름이 될 때까지
흰 구름이 망각하고 물고기가 될 때까지

풀편(篇)

어렸을 땐 바다에서 날이 밝아오곤 했다
그 바닥이 번들거려서 늘 두려웠다
아이는 아버지처럼 하루를 내다보곤 했다
이제 아이의 후년(後年)이 되어서
동쪽 산에 빨가니 날이 밝아오면
그는 소년보다 더 소년적인 어른이 되었다
눈 찌푸린 해가 풀잎 사이로 떠오른다
시인은 자신에게 풀이 사라졌나 두려웠다
소년은 깜짝 놀라 두 눈을 번쩍 떴다

파도의 시

그래 그러니까 알았다
울지 마, 울지 마
내가 너를 지켜줄게
너의 목마가 되어줄게
너의 눈이 되어줄게

너의 꿈 나의 별
나의 아픔 너의 절망
나도 너를 따라가는
하얀 파도란다
작은 물결이란다
다시 오는 파도란다

파도야 파도야

사북(舍北)에 나갔다 오다

해가 뜰 때 사북에 간다
사북은 고원이다
화절령엔 아침 새들이 숲속에서 나뭇가지를 잡고 운다
작은 새들이 사람의 얼굴을 닮았다
그들은 서로의 눈을 보고 운다 새들이 잡고 있는
나뭇가지들은 이 세상에 태어나는 순간이다
작은 눈을 처음 뜨고 있는 눈 속은
춥다, 산바람은 가지 사이 산바람이 아려라
나뭇가지들이 줄처럼 흔들린다
출렁출렁 곧 쏟아질 것 같은 시퍼런 백척간두의 눈구름들
바위와 살갗과 사택(舍宅)을 스친다 죽음 같은 삶은
삶 같은 죽음은 함께
화절령은 춥다 뿌리가 얼어도 그대가 있어서 따뜻했던
허공을 지나가는 바람의 얼음 소리
벽에 기대 그대 이름에 기대 산의 한없는 울음을 듣는다
그 울음이 되고 싶어 다시 어린 날과 젊은 날의
꿈처럼
솔잎, 솔잎 휘파람을 불어본다 갈라터진 두 입술을 붙이고
아버지의 등에 업힌 죽은 아이처럼 어둠을 뛰어가는 한낮

꿈속에서 태어나는 아이들, 꿈을 깨는 어른들의
두 나라
그 허공 속에 나 있는 핏줄기의 길을 찾는
이슬이 햇살에 불타는 생각의 외출은
서쪽 집으로 길을 열어준다
아침은 아득하고 어둑한 정신과 함께
피부는 팽팽하고 건조해라, 바다에서 떠오른 햇살 속에
멀리 베이징을 건너오는 황해의
모래바람 소리 붕붕, 추억은 하늘에서 세월을 듣는다
그대의 나라로 가는 흰 낮달 아래 바람
한권의 책같이 조용한 나라
그 바람을 잠시 대여하고 구름바람 돌아가는
양양과 간성 사이 속초, 모래기 흰고개 쪽으로 흘러간다
시간은 중력이 없어,
집으로 돌아가지 못하고 흰 구름은 둥근 수평선을
오르고 넘어간 뒤 돌아오지 않는다
살아남은 은빛 연어의 기억들만 슬픔처럼 돌아온다
서해로 떨어지는 해가 고원을 비춘다 사북에 남은 햇살
동해는 그들이 태어난 곳

준령의 상고대 능선을 빠져나와 수평선을 비춘다, 새의
가슴이
　열린다, 아프게 다시 수정(水停)을 기억한 해는
　서해에 저문다 나는 그는 어느 항구에서 살고 있을까
　그는 어느 주점에서 죽은 나일까
　산 너머 해가 뜰 때마다 사북에 간다
　화절령엔 오늘 아침에도
　새가 된 노인들이 울고 있다
　새들의 눈 속에 아침이 사라진다

흰 구름과 풀

풀밭에 너무 오래 있어서 돌은 구름이 되고 싶다
바람이 불어도
구름은 돌을 방문하지 않는다
아버지가 죽은 뒤로 이 풀과 돌의 나라에서는

소년이 늙어가니까 돌이 늙어간다
다행히 우리 가족은 눈을 감고, 모두 저 돌멩이 속으로
들어가고 있다
돌 곁에서 풀은 파랗게 살아간다

핏줄이 모두 돌아오면 돌은 하늘에 떠 있을 것이다

돌의 여름, 플라타너스

그 거리를 나 혼자 거니는 것 같다
정문과 옥상에서 갈망의 깃발들이 펄럭인다
어디서 불어오는 것일까
도시는 너무나 조용해 죽음만큼 적막하다

그들은 모두 어디로 갔을까
정치도 분노도 없고 잠지도 기억도 없다
플라타너스 아래 웅덩이 물결이 반짝인다
실외기 소음이 들린다

다시 눈을 감는다 언제 눈을 뜰지 알 수 없다
누군가 저쪽에 살아 있는 것 같다
돌이 될 수 있는 것은 완전무결의 망각뿐
나는 저쪽의 여름을 기억하지 못한다

약(弱)

약으로 해놓고 누운 잠에게는
어떤 권리와 의무가 필요하지 않다

오직 잠든 자는 잠이 달 뿐이다
잠은 잠 속에서 잠이 된다

약으로 정해놓으면 계속 약이 된다
나는 그대와 함께 미래의 잠을 선약했다
반아름만 한 원이 돌아간다 내 곁에 서서
자리를 비우지 않는다
그 어떤 것의 침입을 잠은 거부한다
나 역시 그의 곁을 떠날 생각이 없다
태양이 한 빌딩을 넘어
다음 빌딩 머리 위로 갔을 때까지
도대체 얼마나 많은 일들이 일어났는지

잠이 알아야 하는 이유는 없다
사실 부드럽고 오래가는 약이고 싶다

결론이란 것이 이렇게 간단할 순 없겠지만
이 깊고 높은 도심 속에서
저 희미한 약처럼 살지 못했다

건너갈 수 없는 그 빛을 잡다

비명을 끌고 가버린 빛
그 빛이 활짝 꽃피었다가 몰록 지고 말았다
감은 눈 속에서 빛은 도주했다
광원도 사라졌다

최근이었다
다시 활짝 꽃피면서 아주 천천히 그 빛은
남김없이 자신 속에서 사라지는 법을 터득했다

꽃의 숲을 지나가다가
다시 빛이 활짝 꽃을 건들고 진 다음, 그다음
그 너머는 이전을 기억할 수 없다
나를 어디로 데려간 것일까

그 너머의 어떤 망실 같은 것
타자의 성대결절 같은 것
길에서 자아가 되어버린 타자의 생처럼
너무나 짧고 아픈
다른 시공의 유리질 속에 갇힌 몇몇 언어들

우라늄보다 더 우라늄적인 것
탄소보다 더 탄소적인 것
직선보다 더 직선적인 것
빛보다 더 빛적인 것을 위해

우리의 모든 시간은 희생된 것이 분명하다
다시 몇몇 빛이 활짝 꽃피기 직전까지만
그대 앞에
긴 호흡과 시행(詩行)을 가져가려 노력하지만
늦지 않은 것은 없었다

동남해의 그 창랑 빛
눈 속에 집어넣고 가버린, 돌아오지 않고
가버린, 돌아보지 않고 가버린
아주 가까운 그 빛의 추억 같은
어느 봄 길바닥에서

그 빛에 의탁하고 소멸하는 꿈 한 자락

나뭇가지와 별을 쳐다보며 1

분명했다 물속에 있는 나를 모르는 나는
자신을 건져 올린다고 생각했다
닳아버린 지느러미로 물 밑을 배회하는
네가 살고 있는 세상의 상공은 오염된 강
너울대는
수초와 희미한 물살, 뿌연 햇살의 연기 사이로
비 오는 젊은 날 밤처럼
물 밑은 더럽고 추악했다 죽음의 가지들이
사슴의 뿔을 하고 서 있는 혹은
끝도 없이 이어진 그물처럼 찢어져 고인 물
거기서 캄캄한 물길이 정신의 상류로
거슬러 오르는 나를 내려다본다
저수지 위에 세찬 빗발이 세월처럼 뿌려댄다
모자에서 빗물이 샌다
함께 죽은 자의 무덤가에 물결치는 빗소리
신음하는 망각의 풀잎들
삶은 소통되지 않고 죽음은 지워지지 않는다
타인의 삶을 끝내 지지하다 밀폐된 심장은
갑자기 바다로 향했다

누군가 폭포의 절벽에서 뛰어내렸다

나뭇가지와 별을 쳐다보며 2

어디로 갔을까, 그 물의 한 분자는
나는 그 물음표 낚시를 물지 않았다 자신의
죽음을 물지 않는 법이라도 있는가
부패한 저수지 속에서 그대 생은
그 세월만큼 견디며 천천히 썩어갈 것이다

달 건너편 이승, 비 오는 야경의 도시
살지 못하는 도시, 죽지 못하는 도시
뿌연 죽음의 도시
나는 아직 살아 있는 것인가 흙바닥에 얇아진
배를 대고 천천히, 막막하게 어딘가를 향해
미끄러져 간다
머리 뒤에 내려와 있는 그 작은 은빛 낚시의
유혹과 욕망

다시 미명의 늪 속으로 머리를 처박았다
그때 나는
죽음에서 깨어나듯 저수지 바닥에서
썩은 지느러미로 건져 올린 대체물이었다

처참하게 부서져버린 채 밀봉된 삶에
불과했다
자신들의 심연을 자백하지 않더라도
중심의 심연이 공개되지 않더라도 나는
나를 다시 아래로 조용히 떨어뜨리고 싶었다

밤하늘의 나뭇가지와 별을 쳐다본다
너와 나의 생은 요략되지 않을 것이다

과학의 날

과학의 날 저녁이었다
수돗가에서 세수를 하고 얼굴을 닦을 때였다
수도관 밑에서 큰 목소리가 들렸다
먼 과거 어느 선사의 오도송처럼 우렁차고 맑았다
찰랑이는 물, 산창(山窓)의 어둠이 소름 끼쳤다

작년 가을에 마지막 울고 소식 끊은 황소개구리
의문도 없이 다시 돌아왔다
목구멍의 흙을 토해내며 가래를 씻어내는지
양치하는 소리가 괄괄했다
십여차례 죽음을 토해내듯 소리치더니
뚝, 침묵한다

옳지, 어떻게 앉아 있는 거니, 가부좌를 했니, 철퍼덕 엎드
렸니
슬프고 아직 춥고 어둑한 초저녁, 그것도 과학의 날
결국 너는 전깃불이 들어오는 저녁에 무사히 도착했다
너의 목소리는
다시 왔던 구멍 속으로 돌아가진 않을 듯

마지라도 올리고 국이라도 한그릇 구멍 속에 디밀고 싶지
만 너는
　그런 것 따윈 받지 않을 테지

　다시 경구개가 열린 개구리가 울기 시작한다
　꽉 막힌 귀가 산까지 열려간다
　그날 저녁부터 우리 집 개구리는 저 여름 끝까지 울며 갈
것이다
　나는 너의 소리만 누군가의 심장 속에 옮겨놓는다

감자

칼로 감자를 조각조각 여몄다 늙은 그 여자가

한알의 감자는 서너개의 눈을 가졌다

감자 조각을 재통에 붓고 뒤섞었다 그 늙은 여자는
베어진 얼굴에 하얀 재가 묻은 감자들은
시커먼 얼굴이 되고 말았다

누가 누군지 구분되지 않았다 웃었다

밭에 하나씩 툭, 툭 떨어지는 씨감자들은
흙 속에서 칼이 지나간 자국을 쓰다듬으며 아파한다
재가 피를 먹었다

수건 속의 그 여자 얼굴은 감자같이 젊다

전철 인생

당신이 보기에 통속적일지 모르지
전철 안에서 꿈꾸고 전철 안에서 살아왔다
매일, 매주, 매년, 삼십년
그런 것을 감히 세월이라 할 수 있을 것

전철 안에서 한 아침이 새로 열리고
한 시대가 어두워지기도 했다
삼십년 전에도 그랬지만 달라진 것은 없다
청산은 구걸하지 않고 기대하지 않는다
나도 달라지지 않는다
새벽엔 책을 읽지 않고 입을 열지 않는다
눈을 감고 적당히 흔들린다
이것이 나를 곤하게 만들어서 쉬게 한다
늘 나의 정신은 극에 가 있다

나는 전철 안에서 모든 것을 얻고 잃었다
잃은 것도 얻은 것이라면
잃은 것은 없다
변함없이 나는 오늘도 전철 안에 있다

은

어둠 속에서
금이 되기 전에 은으로 가는 길에서
그들은 아름다운 사람이 된다
언제나 모든 은이 금으로 향하는 것을
금은 늘 상상한다
은이 금으로 가면 은은 없어지기 때문이다

은은 은을 뒤에 남기고 금을 따라간다
금은 자신의 과거를 비춰주지만
금은 은이 아니다
그러나 현재의 은은 아무 불안이 없다
은은 은일 따름이다
은의 길은 금으로 가고 금의 길을 절대
돌아가지 않는다
금에게 어제의 은이 말해주었다

은의 물질로 된 우리는
금의 언어로 변한 것이란다 금의 언어가 된
사람들이 이곳을 찾아온단다

현재 은은 너와 나의 중심 밖에 있다

용문산엔 노숙자가 없다

용문역엔 노숙자가 없다 한 사람쯤은 있을 법한 곳
한국의 어느 역에 노숙자가 없다는 것은 결격 사유
전철 탈 때마다 한 노숙자는 스쳐가야 되지 않을까
그래야 그곳도 한국의 역다운 역일 것이다
노숙자가 없는 용문산은 심심하고 용문역은 무료하다
쓸 곳 없는 시인이 한 사람은 있어야 하는 것처럼
저 용산역 전자상가 어디쯤 한 사람
우리가 먹여 살려준다 보너스도 주겠다고 데려올까
나라도 용문역 엘리베이터 앞에 자리 깔고 나앉을까
햇살에 더러운 머리를 말리면서
자본주의 문명 기술관료 사회를 달리 살아볼까
용문산아, 용문산아 너는 천년 은행나무는 거느리면서
어찌 노숙자 한 사람은 거느리지 못했느냐
그 앞에 흔하디흔한 노숙자 한 사람은 앉혀야 산이지
그래야 불쌍한 마음이라도 한번 써보지 않겠니
그 국밥집이 국밥 한그릇이라도 더 팔지 않겠니
그래야 우리도 핑계로 어찌어찌 살아간다 하지 않겠니
노숙자 없는 용문역은 용문역 없는 용문산
이 춥고 늦은 겨울밤, 불빛 환한 역사(驛舍)를 밀쳐놓고

그릇고개 넘는 불빛을 쏜살같이 잡아탔을 것이다
그때 어둠 속 가등들이 줄지어 내게 고개 숙였지
어디까지 이어진 밤은 노숙자가 되고 싶은 용문산이다

UFO

하늘엔 영적 표지판이 있는 것 같다
오늘 저녁도 UFO는 북동쪽 하늘로 사라진다
벌써 기억은 의심받는다

칠초 동안 백삼십억 광년을 건너갔지만
지상에선 그대가 아무리 멀고 빨라도 볼 수 있다
지상의 일초, 하늘의 수백만초
일렁거리는 불덩이, 모든 은유를 비문(非文)이 삭제했다
지상의 그 무엇과도 닮지 않았다

빛이 가지 못하는 그 너머에는 무엇이 있을까
평양도 북극도 화성도 아니다
UFO는 언제나 그 밖으로 도주한다

UFO는 저녁은 먹었는지……

이미 나는 그때 죽었다

나는 그때 죽었다
그해 겨울 연해주 남쪽 그 도시의 새벽 칼바람의
어둠의 유리창 속에서
그후의 나는 살아 있지 않았다 밖에 사람이 없는
영혼 같았다

돌아갈 수 없는 블라디보스토크 끝
지옥의 사우나탕에서
시퍼런 잎은 얼마나 자신을 때렸던지 잎맥이
부서져버렸다
돌이켜보니 마른 잎맥이 나였다 멀리서 도망 온 자가
자신을 원 없이 때렸던 등줄기
시퍼런 핏자국

죽은 나는 서울로 갔다
연해주 남쪽 그 도시에서 그들의 문체와 함께 살았던
굶주린 영혼의 나날들
그 검은 시대 검은 청춘들의 이름과 구두와 가방
쓸데없는 시들처럼

허무한 종로산(産) 잡지들

쓸데 있는 것이라고 쓸데 있는 것도 아닌 시간 속에서
그들은
아무리 달려도 시간을 세월로 만들지 못했다
그들은 영원한 소년이기에 어른의 슬픔을 알 수가
없었다
달 아래 저
연해주 남쪽의 어느 도시에서
그때 이미 죽은 나는, 저 콱콱 막힌 어두운 시의 집으로
돌아가고 있었다

죽음의 사실만 블라디보스토크에 표석을 세우고
언제나 수초 늦는 말은
폭격 맞은 아침 아무르강의 얼음 같았다
그때 나의 영혼은 아래턱이 얼어서 말할 수가 없었다

이른 새봄 얼음도 깨어지기 전 흙도 뒤집지 않은 나라
만주풀종다리 울음소리처럼

홍수가 나기 전
연어 치어들의 새빨간 알몸이 사할린의 추억을 지나
베링해에서 그때 죽은 나를 만날 것이다

그러나 다시 이 문장만 유효할 것 같다, 나에게
나를 만날 수 없는 자신에게
살아 있어서 서로 만난들 뭘 할 것이며 무엇을 즐길 것인가

그때 나는 죽어서 그들의 삶을 보기 위해
나의 삶에서 빠져나왔다
그후 비로소 나는 살아 있고 나는 죽었다

멸치 1

죽으면서 눈 감은 것은 한마리도 없다

왜 모두 눈을 뜨고 죽었을까
죽은 다음 다른 세상이 있다고 믿었던 것일까
은빛을 보는 여자의 등 뒤에서
이런 생각을 한 사람이 구(舊) 서울에 살았다

어느 것도 반듯하게 죽은 것은 없다
모두 하나같이 뒤틀려 있거나
돌아보거나 꾸부러져 있거나 내다보고 있었다
죽음 속의 오늘은 사라진 아파트
햇살 공터

소멸이며 중멸이며 대멸이며
어떻게 그들은 이곳까지 다시 오게 되었는가
사후가 없다는 것은 천만다행이다
나에게
생은 보상받을 것이 없고 죽음은 그 어떤
예외도 출구도 아니었다

두마리 고양이

이 도시에 살자면 뒤에서 더위 먹지 않는 사람은 없을 것
이다

머리를 조아리고 몇알의 사료를 함께 깨어 먹는 두마리
고양이는
개들처럼 불쾌하게
아침부터 이빨을 드러내고 으르렁대며 상대를 위협하진
않는다

어디서나 그 한마리는 나 같지가 않다

종로 5가에서 사가지고 온 달리아 뿌리

만원 한장을 주고 종로 5가에서
달리아 구근 한덩이를 사 와서 한잠 잤더니
어둑했다 놀라서 일어났다
해가 진 어둑한 화단에 나가 눈도 심장도 없는 흙을 파고
그것을 그 속에 넣고 묻었다 그 속이라
이미 늙어서 태어난 것처럼 별이 지구 한쪽에서
반짝였다
기이하다는 생각을 그때 용하게도 해냈다
물을 주고 일어서는데 안 보이던 것이 보이는 듯했다
달리아가 흙 속에 무엇이 있다고 생각하나
저것이 흙 속에서 어떻게 눈 뜰지 무섬증이 들었다
어허, 어둠군 눈이, 얼굴의 눈이
달리아도 흙도 무서워요 하는 것 같았다
어디서 너의 눈은 어떤 모습으로 터져나오는 것인지
그것도 아는 바가 없다
물조리개를 들고 수돗가로 돌아가고 그곳에 잠깐 나는
보이지 않았다
내가 보이지 않는 곳을 내가 어떻게 알겠는가
집 모퉁이를 돌아가는 나는

집 뒤쪽에 있는 수돗가로 갔을 뿐이지
한덩이의 달리아가 모르는 나는
사람인 내가 모르는 한덩이 달리아는 서로가
마주 보지 못하고 무엇이 측은하단 생각을 겨우 했을 뿐
달리아 구근을
달리아 구근이라 하니까 달리아 구근이지
그것의 그것은 어둑한 땅속에 묻혀 숨도 쉬지 않는다
견딜 수 없는 알 수 없음이 움직인다
쓸데없는 생각 버리고 저녁을 먹고 일찍 눈을 붙인다
그 대신 저 위에 있는 첫 두행이 맞는지 읽어본다
만원 한장을 주고 종로 5가에서
달리아 구근 한덩이를 사 와서……

새들의 죽음
이가 맞지 않는 저어(齟齬)의 시대

삶과 죽음, 미래, 과거가 한꺼번에 내 앞에 와 있다
가지에서 그에게 길을 내라 외친다

그들이 어제부터 계란을 던지기 시작했다
그는 날계란을 맞고 꿈쩍하지 않았다 전국의 닭들은 매일
알을 낳을 것이다 그는 고집을 꺾을 생각이 없다
그들은 내일도 그에게 돌을 던질 것이다 ──사실 좀 위험
한 일이지만

  우리는 너무 빨리 '그것'을 각오하고 결정했다 글의 성급
함은
  우리의 생존 전략에 어긋나는 일, 조금만 더 지연시켰더
라면
  아니 중지시켰더라면
  너의 정신이 망가지고 너의 존재 의의가 훼손되진 않았을
것이다
  우리는 너무 빨리 당도해버렸다

  내일은 감옥에 앉아 있을 것이다 그곳에서도 항의는 계속

44

되고

그들은 다른 그들과 함께 바닥에서 스크럼을 짤 것이 분명하다

다른 희망이 없다

결국 이 땅에서의 멍게들의 꿈은 좌절되고 있다

버려두라고?

오냐, 자신이 찢고 가로막은 길은 스스로 열어야 하는 법

내일부터 모든 시는 나를 저주할 것이다

내일부턴 문장의 아래턱과 위턱의 이가 맞지 않을 것이다*

그들이 창문 밖까지 다가왔다

* 『장자』「제물론」에 나오는 '사부(蛇蚹)'는 뱀의 배에 붙어 있는 비늘이다. 사마표(司馬彪)는 이것을 '저어(齟齬)'라고 하였다.

다시 오지 않는 길에 서서

아직도 그 길은 그 길에 당도하지 못했다
그 길은 그 길에 도착한 적이 없다

줄기차게 모든 길은 다른 미래를 향해 가버렸다
현재의 길은
우리의 동의가 없는 우리의 길이 되었다
그 길로부터 아무런 통보가 없다

길은 지금도 우리가 모르는 먼 곳을 향해
다시 오지 않을 그 길을 달려가고 있다
망가진 로봇은
헌 구두를 신은 사람들은
태양을 향한 고층 빌딩과
절단된 산은
또 덧없는 흰 구름은
어떤 전략과 빛의 정보보다 더 빨리

아프게 생략된 것들이 있다
그들 모두는

우리가 살고 있는 도시의 하늘을 지나간다
영영 길은 길을 만날 수 없다

이제는 이미 아주 다른 길로 접어들었다
그 길이
다시 우리의 여름과 가을을 지나가고 있다

오늘 저녁 오리들은 뭘 먹지

그들은 따뜻한 자리를 빼앗기고
맨발로 얼음 위로 밀려나 웅크리고 앉아 있다
낚시꾼들이 떠날 때까지

그들은 인간의 것은 어떤 것도 필요로 하지 않는다
얼지 않은 물을 바라볼 뿐이다
하루 종일

어쩌자고 사람들은 이 오지의 저수지까지 찾아와서
얼지 않고 양지바른 물을 차지하는 것일까
하루 종일

오리라고 찬 바람 부는 하늘을 다 좋아하는 것은 아니다
날이 춥기 때문이다

그들이 들어가고 싶은 곳은 오직 낚시찌가 떠 있는
저 찰랑거리는 검은 물밖에 없다
산에 해가 지고 있다

그 집 아이

우리 아이가 무엇을 잘못했다고
차려 자세로 그대 앞에 서서
책처럼 내놓은
작은 손바닥을 맞는 것일까

제 2 부

비선대와 냉면 먹고 가는 산문시

북천은 너무 오래되었기 때문에

고성 북천은 너무 오래되었기 때문에
그 북천에게 편지 쓰지 않는다 눈이 내려도
찾아가지 않고 멀리서 살아간다

아무리 비가 내려도 바다가 넘치는 일이 없기 때문에
그 바다에게 편지 쓰지 않는다
나는 그 북천과 바다로부터 멀어질 뿐이다 더는
멀어질 수 없을 때까지

나와 북천과 바다는 만날 수 없다
오늘도
그 만날 수 없음에 대해 한없이 생각하며 길을 간다

너무 오래된 것들은 내가 걱정할 일이 아니다 그래도
너무 오래된 것들을 생각할 때에는
눈물이 나오려고 한다
나의 영혼 속에 깊이 깃들어 있기 때문이다

고성 북천을 생각하면 아무것도 할 수가 없다

길을 가다가도

나는 몇날 며칠 그 북천의 가을 물이 되어 흘러간다

다섯살 때의 바다로

기억도 나지 않는 서른다섯 때의 아침 바다로

다 말하지 못한 것들만 거울처럼 앞에 나타난다

중부지방에서 살고 있다

1974년, 남한에서 가장 북쪽 지역인 현내면에서
면서기가 된 나는 내가
가장 먼 나라에 와 있다고 생각했다

지금 사는 곳은 눈 내리는 중부지방 양평읍
육십사년 된 나의 한 친구는
남한에서 가장 북쪽 지역인 양구에 가서
살고 있다

남쪽 하늘을 지나가는 겨울 유리창의 해는 남한에서
가장 차갑고 얇다 라식 수술로 깎아낸
각막이다

그러나 우리는 눈물의 기록을 남기지 않는다
눈이 쏟아지던,
중부지방일 수밖에 없는 중부지방
번개 속에 빗방울 떨어지던 중부지방일 뿐

칼날이 지나간 그루터기마다

발을 집어넣고 허공을 보며 '그때'라고 말한 기억들
창공 속의 연처럼 춥다
죽음을 못 건넌 한마리 겨울 벌레의 청색

돌아본다, 이제는 중부지방에서 떠돌고 있는 나를
중부지방은 중부지방에 위치할 뿐

이제 양구도 양구 너머 무엇이 있는지 알지 못한다

모든 것은
얼어붙은 돌 위에 물처럼 흘러가는 시간 같고, 어둠 속
흩날리는 눈발이다

그러므로 나에게 북쪽은 부럽고 이십대처럼 그립다

어느 생의 끝에서 깨어나는 늦가을 중부지방은
문득,
혼자 이른 아침 한마리 까마귀의 머리가 되어
양구보다 추운 나라로 가고 있다

흰 비둘기 아파트

오랜만에 찾아온 그 아파트는 따뜻하였다
양평에선 광열비가 무서워
이불 속에서 장자를 읽고 여행을 시작한 지
십년

파란 하늘 아래
어느 낯선 이의 한 구절이 지나가는 아파트는
언니 집 근처에서 구름과 사는 칠층 하늘
바라보고 누워서 늘 눈 감던
그 창과 그 발코니와 그 거실

남의 아파트 사이로 김포 강안이 내다보이는
서울 서쪽은
늘 불안하게 해가 떨어지던 곳
흰 페인트 칠한 한낮의 아파트 너머로
정오는 몇마리 흰 비둘기를 넘겨주고 있다

머리 위 높은 옥상 끝에서도 다치지 않은
그날의 햇살들은

여전히 쪽쪽, 쪽쪽거리며
작은 젖니로 고드름을 빨며 놀고 있는

오늘 오전 열한시 십사분, 시간은 소리가 없다
실내는 하얗고 추억은 파랗게 물들고
그때의 강은 언제 다 건넜나
4교시 수업 여학생은 삼십대가 되었다

203호 우편함에는

하나뿐인 우편함에 시간이 쌓여갔다

상하수도, 전기, 가스 고지서 같은 것에서도
타자의 삶은 늘 자신의 삶보다 가볍다

옮겨 앉는 새가
작고 빨간 우편함을 스쳐 현관문 그늘 위로
자신의 울음을 흰자에 비추는
누구에겐 생의 비밀번호를 눌러놓은 잠시가
삭제된다

다른 생으로 잎새가 잠드는 나무 그늘처럼
아직 떠나온 곳이 있다는 것은
현대적 신화
시간은 하나가 아니고 생은 같이 단출해진다
모여서 가는 시간들

지구 한쪽 하늘은 지금 흰 구름 몇채를
머리에 이고 간다

그것만으로 길이, 생이 될 수 없다면
우편함 위엔 자신보다 커다란 새들의 죽음이
날개를 펼칠 것

다른 생의 번호가 와 앉은 203호 우편함
고지서가 먼지보다 가벼워질 때
말은 언제나 혼자
미량의 사랑이 우리에게 독이 됐던 말로서
모자란 적은 없었다

우편함에 눈이 쌓이다 다시 녹기 시작했다
겨울을 또 한차례 건너뛴 여름이
우리의 삶과 시의 모습이다

아이들이 모든 유전자를 가지고 떠난다

거주 이전의 자유에 대한 신청

정부에 평양 거주 이전의 자유를 허락해달라고
임시거주신청서를 제출했다

무엇을 해서든 그곳에서 이년만 살아보고 싶다고 했다
내 인생도 언제 죽을지 모르니까
일년만 살고 다시 꼭 일년만 더 살다가
내려오고 싶었다
고백하자면 소년 때부터의 꿈이었다

이년에 특별한 뜻이 있는 것은 아니다
평양의 겨울과 봄을 두번은 겪고 싶은 것뿐이다
양평에 살 때
속초로 내려가 이년만 살고 싶었던 것처럼

방북거주신청서를 내고 통일부를 나와 문득 뒤돌아보니
이곳은 오래된 서울
거기 전후(戰後) 육십사년의 시퍼런 대한민국 정부기가
펄럭이고
있었다

지하 서점에 들러 무너진 시집 코너를 돌아보고
서점과 연결된 통로로 내려가 왕십리행 전철을 기다렸다
스마트폰이 울렸다
방북 체류 신청 허가가 통과됐다는 문자가 왔다
그때 덜컹하는 굉음과 함께
전철이 발 앞에 당도했고 나는 꿈을 깨고 말았다

아, 그 전철만 도착하지 않았더라면

한없이 조용한 양평의 한낮이 가고 있다

그는 작은 사진 속에서

평북 구성에게

시대가 저물어도 새로운 작품은 오지 않는다

더 심하게 왼쪽으로 오른쪽으로 흔들리는
사람들 속에 아직도
말없이 혼자 가고 있는 한 그림자가 있다

해가 세상에서 제일 먼저 항구에 뜨는 나라의
부서진 오전의 동쪽
뼈도 다 자라지 않은 중학 일학년생이
책에서 처음 보았던 그 사람

그가 왔다 간 뒤
먼 훗날처럼 수많은 사람과 사건 들이 왔다 갔지만
내 그리운 사람은
내가 태어나기 오래전에 죽은 사람

그 그림자를 따라가다가 사라진 나는
활짝, 아침 햇살의 어둠 한장을 확인하였다

62

비선대(飛仙臺)

무작정 오래 잠들었다고 다 그리운 것도 아니다

멧새가 우는 봄날, 마지막 내리치는 납설수 거슬러
사람 그림자라곤 없는 한낮
낙엽, 바위, 나뭇가지, 길, 풍진(風塵), 새 들만
햇살과 바람의 기척 속에

멀리 가면 돌아온다던 자연의 수레바퀴 소리가 이곳에선
끊이지 않는다
바람 소리 들으려 고개 들어 하늘을 쳐다보았다
아무것도 없다
우울한 청년 시절이 다시 도착한 텅 빈 유원지
그러니까 한 사십년 만의
주머니 속 봄 낙엽 소리, 바스락 쥐어본다

아무리 들으려 해도 들리지 않던
아무리 귀 기울이지 않아도 공기 속에 숨은 소리, 소리의
적막
백담사 동남쪽 구름 위의 하늘 속

오세암은 한 시대 건너 백골당, 동향의 마등령 너머
너머는 잘 있는지
누군 가고 없는지 또 누군 아직 살아가는지

어디선가 꿈처럼 산 것 같아도, 저 상청(上靑)*은 아직
파랗고 어려라
시 한행 같은 것을 찾지 못한 듯, 물은 흘러, 흘러, 흘러
비선대 옛 시인의 구슬처럼 뒹굴다

언제나 사라져서 문채(文彩) 어린 그 흰 구름 몇채에 닿을
수가 없었다
아직도 찾지 못한 교목의 길이,
아직도 가지 못한 교목 뒤의 시가, 있는가 눈은 아직
녹지 않고
아직도 그 멧새들 우는 봄날 마지막 이빨 같은
납설수 따라,

재킷을 벗어 어깨에 걸친 사십년 뒤의 한 후생 조(調)는
비선대 흙길의 경칩쯤, 노점 탁자에 앉아 우짖다,

어디서 날아온 산새 한마리 쪼르르 노랑 깃을 치며
제 영혼을 보여주는 듯
메뉴판을 활짝 병풍으로 펼쳐 보인다, 아 그러지 않으셔도
되는 것을

먼 나라 여자아이의 눈 속에선 봄 철새라 산을 넘고
어떤 봄은 이미 가고 없단다

하늘을 쳐다보는 비선대는 흰 구름의 청산이다
사십년 비선대를 혼자 찾아왔다가 봄 해거름을 두고
혼자 내려간다

* 영북지방에서는 설악산의 대청봉(大青峯)을 '상청'이라고도 한다.

비선대와 냉면 먹고 가는 산문시 1

교평리에 가서 냉면을 먹고 돌아오다가 '평양?' 하고 중
얼거렸다 핸들을 잡고 있는 손과 이어진 입술에서
　'양평'이 피어나왔다

일상이란 특별난 의문과 이변이 없는 장소의 연속, 나는
먼 미래에 양평에 와서 살고 있는 다른 사람 같았다
　바퀴가 천천히 오른쪽으로 돌아가면서 풍경은 왼쪽에서
　채워져 들어왔다 창을 들여다보고 웃는 우리나라 아이들
이 지나간다
　대교 중간에서 봉우리가 된 모란, 그러나 그 누군가는 아직
　태어나지 않았다

어떤 행복과 위험 속에서도 권태로움만은 변함이 없다
　전면 유리창 앞에 내다보이는 거리는 그 옛날 풍경, 백운
봉과 오빈리와 가로수, 몇동의 아파트, 초등학교, 갈산공원,
가로수

양평은 갈 수 없는 나라였다 나는 그 소읍에서 살았을 것
이다 이런 착각이 슬픔의 초월 행위가 되고 싶어 한다

불가능의 주제와 아픔이 망각 속에서 먼지처럼 떠오른다
감자 싹과 눈 냄새가 났다
쓸데없이 즐거운 마음으로 종로와 테헤란로를
사람이 아닌 가을과 함께 걸으면 가본 적 없는 서울의 타
자가 될 수 있다

자본주의 사회의 사람들이 지나간다
모두가 작은 환희 같다

아로니아 가지가 흰 꽃을 피우고 낙화해서 열매를 맺는
변신을 상상한다 이런 꿈은 사실 오래전 약속으로서 확인한
적 없는 생산과 희생이었다
백척간두의 언어를 만나고 싶었지만

별과 바람 없는 나라의 세월은 흘러간다

부탁: 그 산문(散文) 길에 평양냉면집 하나 열어주세요. 비선대
를 잊지 마시고.

헤어지다, 그 겨울 혜화역에서

나는 가끔 양평을 거꾸로 읽곤 한다.

어느날부터 나는 꿈이 아니라 평양에서 살고 있다고 믿게 되었다.

하지만 아직도 나는 자유롭지 않다. 이런 현재의 엉뚱한 마음들이 먼 훗날엔 얼마나 하찮을까. 그래서 나는 솔직히 평양에 가고 싶지 않다고 말한다. 그럼에도 말을 돌려가면서 오해받지 않으려고 한다. 그것 자체가 하나의 리듬이 되었다.

가마득히 잊고 있던 양평. 이 말은 더 위험한 것 같다.

나는 이곳에서 살면서 장소성에 대한 망각에 빠졌다. 대교를 건너다가 문득 강 수면 위로 떠오른 이 말은 젊은 날과 이어진 한편의 꿈이다. 아무래도 나는 미래의 알리바이를 구성하지 못할 것 같다. 나를 찾을 수 없을 것 같기 때문이다.

어느날 늦은 밤 혜화역에서 우리는 4호선을 탔다. 그가 전철 안에서 밤 인사를 했다. 선생님은 어디로 가십니까. 나? 평양으로 갑니다. 환한 전철 안에서 모두 환하게 웃었다. 서울의 지하였다.

정말 전철은 건너편에서 환하게 불을 켜고 캄캄한 남한강 강변을 달려 평양으로 가고 있었다. 이것은 아무리 깨어 있

어도 부정할 수 없는 꿈이었다. 혜화역 친구들이 보고 싶어
졌다.

뒤돌아볼 수 없었다.

아무래도 알 수 없는 슬픔으로
어느날 평양에서

어느날 나는 남양평의 한 커피숍에서
떠오르지 않는 이상한 추억에 의하여
한권의 책처럼 정지했다

테이블은 기억날 것 같았다 과거처럼 미래가
아주 하얀, 그 위에
아무리 생각해도 생각나지 않는 잔상의 무엇들이
숨어 있었다

그것 때문에 조금 슬퍼진 건 사실이지만
불안은 아니었다
그럼 역사적인 것일까
아니면 마음의 유전에 관한 전달 물질이었을까
글쎄, 그러나 나도 모를 행복감에 젖고 말았다

문득 창밖 하늘을 보았다, 그 흰 구름들이다
여럿이 바람에 밀려
북쪽에서 밀려오고 있었다 흰 구름은 도시의
고층 빌딩과 산과 통화 중이었다

책이 되고 날개가 되어? 아니 그렇단 말인가
비스듬히 남쪽으로 내려가는 중

나는 커피숍을 나와 갑자기 집을 향해 걷기 시작했다
다른 사람 같았다
그 길은 미래에서 오늘의 과거로 개통되었고
오늘은 갑자기 과거로 가서 미래가 된 길

거리는 죽은 자들이 살아 되돌아온 실내가 되고
온기로 반짝였고
등 뒤에서 클랙슨이 울렸다 뒤돌아보지 않았다
그가 사라지려고 하였다

친구들의 흑백사진이 흰 구름처럼 떠 있었다
흰 구름이 문을 닫고 있었다

서울의 겨울을 지나가면

겨울이 오면 서울은 이질적으로 변한다
나도 나에게 이질적으로 대응한다
말과 감정이 얼어붙고 경계인이 된다

십일월부터 서울은 우울하고 춥다
곧 골목과 도로변에 더러운 눈얼음이 얼룩질
검은 타이어가 물을 튀기고 가는 거리
도시는 그 도시를 떠날 수가 없다

그 사회의 모든 체제와 행정명이 망각되고
도로명과 건물명이 지워질 때까지는
고통 속에서 서울을 본 적이 없다 중얼대는
불완전한 말투
그 거리가 선물한 완성된 언어의 고통
쓰라린 노숙의 세월 그 중얼거림만 남는다

모든 침묵과 광고가 이 도시를 통과하는 동안
눈만 내놓고
그들은 불안의 마스크와 우울의 가면을 쓴다

모든 방언을 허용하면서 서울은 점점 춥고
이질적인 지역으로 변해간다

나 바람은 서울이 가는 길로 가지 않는다

써지지 않는 시 한편

서울로 외출할 때 천원권 지폐 두장을 준비한다
청량리역 지하 계단에서 한장이 필요하고, 종각역 2번 출구에서
다시 한장이 필요하다

오늘은 옥수역에서 중앙선으로 갈아탔다 그들과 마주치는 것이
싫었다
서서 종점까지 가는 젊은이들이 말한다
노숙자들 수입이 대단하다던데? 거지들에겐 아무것도 주지
말아야 해 그들은 일을 하지 않는데 뭘
긴 터널을 지나자 북한강의 어둠이
불쑥 나타났다
천만명이 다 다른 길을 가는 서울이 겨우 이쯤에서 지워진다
나는 서울이 다른 나라처럼 느껴진다 그곳에 어떤 사람들이 사는지
모른다

혼자 달리는 어둠을 내다본다,

소란했던 마음이 조용해진다 두번째로 '겨우' 나를 용서하고

나를 지켜준다

북한강 철교를 건널 때 의자 밑이 서늘해 마음이 아려온다

왜 그들은 맨발로 얼음을 밟게 됐을까

물은 살기 위해 얼어붙는 걸까, 유리창이 살얼음처럼 가늘게

진동한다

그날도 써지지 않는 시 한편을 두고 갔다

어디서 사슴의 눈도 늙어가나
고산지대

파란 고산지대엔 벌써 가을
처연함에 반소매는 아무래도 짧은 것 같죠
또 언제 이렇게 되었나
아이들이 어른이 되는 첫가을이 온 것은

아침 해도 스치면 떨어지는 이슬을 먹으려고
산마루에 떠올랐다 그 해 있는 곳은
시의 나라에선 천공 속의 바다
기다리지 않아도 오지 않은 적이 없었다
파도와 흰 구름과 새벽과 함께

이렇게 파란 배추와 무는 처음 보았네
한번쯤 팔을 들어 하늘을 쳐다보게 되는 것은
다시 거둘 수 없는 생의 높이 때문일지
어른보다 먼저 아이들 얼굴에
가을이 와 있었다

아이들이 늘 세상과 아버지를 걱정하죠
가을은 그 아이들의 얼굴을 보고 또 지나가고

생채기 하나 유리금 긋는 저 고산지대
어디서 사슴의 눈도 늙어가나

외설악

　외설악에 나가서 가만히 청초호 거울의자에 앉아 지척의 설악을 보고 있으면 산 골짜기 골짜기와 높고 낮은 능선 곳곳에서 신비한 산의 음악이 들려온다
　목관악기도 금관악기도 현악기도 아니다

　산뢰(山籟)다
　약초의 노래가, 풀과 나무들의 노래가, 물과 바람의 만남과 경계 없는 흐름
　그 음악이 호수에 내려앉는다 나도 설악산처럼 머리를 북으로 두고 남으로 다리를 뻗고 그대의 평상에서 서향을 향해 누워 팔을 베고, 설악산을 마주 바라본다 이곳, 내가 태어날 자리, 그는 얼굴을 마주 댄 여자 같다
　더 가까워질 수 없을 정도로 가깝게
　그러면 흰 구름의 소요를 시작해볼까, 아무도 모르게
　그 옛날 풀만 풀만 하늘로 가득 자라 오르던 바람 불던 그 풀길 속에서 하나의 알로부터
　다른 생을 출발해볼까, 알이 바람이 되듯이

　쌍다리를 지나가던 한 소년 시인이 그들을 바라보고 있었

지 그의 이름은 외설악이었지 그곳이 그의 집이고 생이고
노래였지

나여, 오늘 촉석루나 갈까요

나여, 오늘 촉석루나 갈까
촉석루, 하고 그 이름 불러본 지 얼마나 되었나
그는 아직 있을까, 죽지 않고 혹시
파괴되고 없어진 건 아니겠지
자라지 않는 촉석루, 한 세월 두 세월
까마득히 잊어도, 진주 남강 촉석루에 데려다달라면
데려다주지 않을까

왜 찾아왔느냐 물으면 어쩌지?
글쎄, 그 눈 부끄럽게 쳐다보며 뭐라 대답하지?
나의 삶은 그동안 아무것도 답할 것이
없다
그러면 모르는 척 촉석루를 지나가게 될까
나 정말 촉석루로 떠날까
그럼 서울역에서 진주행 케이티엑스를 타게 될 테지?
창밖 검은 시내를 내다보며
저 도시에 과연 무엇이 가장 중요한 것일까,
쓸데없이 넋두리하다가

어느 젊은 날의 가출 때처럼 내 무릎에 얌전히
올라앉은, 나만 쳐다보던
한마리 강아지 같은 가방을 만지며
모든 삶의 뒤끝은 쓰라린 후회만 남는 법이라지?
하지 않고, 아니야 그렇게 말하고
촉석루 바닥에 자리 잡고 앉았았다가 바람 불면
대나무 바람처럼 가버려야지 하고, 흐린 남쪽
능선을 내다본다
또다시 수상쩍은 촉석루 먼 북쪽에서

비선대와 냉면 먹고 가는 산문시 2

비선대에서 냉면을 먹고 아로니아 길을 가려고 생각하는 산문시는 비선대에서 냉면을 먹고 갈 아로니아 산문 길에 아직 도착하지 않았습니다

비선대에서 냉면을 먹고 아로니아 길을 가려고 비선대에 도착한 아로니아 산문시는 지금 비선대에서 냉면을 먹는 중입니다

벌써 비선대에서 냉면을 먹고 아로니아 길을 떠난 산문시는 비선대에서 먹은 냉면을 기억하면서 아로니아 길을 열심히 가고 있습니다

비선대 냉면을 먹고 길을 가는 아로니아 산문시는 거기까지 쭉 이어져 있습니다

비선대에서 냉면을 먹고 아로니아 가는 길을 간 산문시들은 그러나 다시 비선대로 돌아오지 않습니다 비선대만 설악산 천공 높이 솟아 있죠

이제 한랭한 상공에서 눈이 내릴 것입니다

어떤 허무도 따라올 수 없는 눈의 허무겠죠?

비선대는 아름답고 높고 슬퍼요 그리고 냉면은 맛이 있었지요 지금도 아로니아 산문시만 길을 가고 있지요 그런데

산문시가 안 보인다구요? 그럴 리가 있나요 저기 가고 있지 않습니까

　부탁: 평양냉면에 꼭 익은 아로니아 석점 올려주세요. 비선대를 잊지 마시고.

하나의 구멍과 소외된 아흔아홉의 구멍
다이(die)에게

아흔아홉 구멍의 수많은 줄기에 대해 에이
아흔아홉의 아흔아홉 함구에 대해 에이
아무 설명도 없으면서 에이
절반의 표면적에 수천의 구멍을 뚫고 에이
그 속으로 빛을 쏘며 유혹한다 에이
주변에 걸려들지 않는 여자와 아이가 없다 에이

모든 것이 연결되고 통하고 있다는 것은 에이
욕망만의 전유물도 사실도 아니었다 에이
은밀히 야합된 일부의 소통일 뿐이었다 에이
나의 여자와 아이가 손을 잡을 줄 몰랐다 에이

하나의 구멍 밖의 것도 가지고 있는 책들 에이
그외의 것들을 배려하는 천진성이 사라진 에이
깡통과 폐쇄회로의 사회 에이
가용 세계의 현실에서만 떠도는 에이
감각의 파편, 일 퍼센트쯤 앞장선 말들 에이
말, 말의 쓰레기, 휴지의 영혼들 에이

그들은 우리가 던진 낚시를 물고 산다 에이
미세 구멍 속의 피뢰침에서 에이
추락하는 북태평양의 거대한 고래 사체 에이
쓸데없는 빚을 갚듯 그 빚의 하구를 에이
인류가 끝없이 오염시키는 하나의 구멍 에이

선풍기 나라

오색 선풍기는 가족이 바뀐 것도 모르고
아직도 같은 자리에서 돌고 있다
이상한 일이지 사람이 만든 것들 중에는
마음을 바꾸지 않는 것도 있다
제비들도 날아다니다가 그 선풍기 앞에 와서
잠시 쉬다 가곤 했다
선풍기는 지나칠 정도로 평등했다
더운 사람이라고 바람을 더 불어주지 않았다

낯선 가족이 자기 앞에 모여 있는 것을
그가 알 리 없었을 것이다
그래도 여름은 그런 불평등이 슬프지 않았다
언제나 그 앞에 더위는 녹색으로 물들곤 했다
어른이 되어서도 소년 적 모습이 남아 있는
누군가의 그는
이미 먼 미래의 오늘까지 왔다 갔을지 모른다
얼굴을 들고 선풍기 앞에 다가앉던 그는
선풍기가 돌아갈수록 그립다

그 선풍기 바람보다 시원한 바람은 없었다
그러나 선풍기 이후 세상은 나날이 더워졌지
어느 시대나 난민과 불행은 있기 마련이야
그것은 유럽의 선풍기 책임도 아니지
그렇다고 국제기구의 무능이라고 말하는 것도
옳지 않겠지

모든 것이 마음에 들지 않더라도
다만 선풍기는 오늘도
어디선가 미풍으로 돌아갈 뿐이다

거미막을 밟다

말의 그림자, 기억의 그림자가 온 적이 없다
구체적인 것을 거부한다
아주 구체적인 것은 더 거부한다

그를 기억하려 오늘도 그는 그곳을 찾아갔다
낯선 도시의 전광판 밑에 와 섰다
그의 텅 빈 귀밑머리 쪽
거미막 위를 이미 밟고 지나가버린 저녁

가장 먼 곳에서 남의 생을 빌려 사는 그들은
약속을 못 지킨 시간과 함께
어디서 서성이는 것일까

저녁 혼자 어둑한 거미막의 나라에 모여 있다
두런두런 통하지 않으면서 두런두런
그곳의 일곱시 반경,

바람 속에 시가지의 썰렁함과 출출함이 있다
일곱시 오십분은 자정 머리를 쳐다본다

잠든 자정 머리

혀가 지나간 흔적에서만 추억이 반짝이려 한다
모두 떠나가도
흉터만 시간을 지우지 않고 남긴다

시인들은 서로 다른 말로 나타났다가 사라져간다
늘 아쉽지, 구름처럼, 시와 언어는
먼저 간 것들보다
아직 이곳에 남아 있는 것들의 미완이다

나는 나의 얼굴을 감싸는 나와 함께 살아간다
죽음까진 같이 갈 것이다
시는 늘 미안해서
기억할 수 없는 것을 기억할 수 있다면
쓸 수 없는 것까지 쓸 수 있다면
불가능한 생각들을 불러 모을 뿐이다, 나는

이곳에 켜지는 가등처럼

천장을 쳐다보다

위에 누군가 살고 있는 것 같다 바닥을 쓸어가는
청소기 소리가 들린다
때론 거슬린 소리였다 슬픔의 소리로 변한다
진공청소기 머리가 모서리에 부딪친다
그 소음은 저항하지 않고 스스로 다스린다
긴 울음처럼, 줄처럼
밑 어딘가에 기이한 흡입판이 붙어 있는 것이 분명하다
그것은 그들의 삶의 형식과 같아서
반성할 수가 없다 자신이
돌아간다는 것에 대해 벽에서 충전된다는 것에 대해
먼지를 빨아들인다는 것에 대해
수없이 생겨나는 먼지와 함께 살아가지만
우리가 사람이므로 난제를 그곳에 방치할 수가 없다
천장을 쳐다본다,
이해할 수 있다 우리 집 천장은 그들의 바닥이다
천장은 바닥을 모시고 살았던 것
이 말이 꼭 어떤 의미가 되기를 바라지 않지만
오늘 아침은 그 말의 그늘만 한 절망들이 사라지고 있다
그 무렵 천장이 조용해졌다

그가 나처럼 서 있는 것 같았다 난간에? 나뭇가지에?
그들은 잊지 않고 아슬아슬하게 그렇게 서 있곤 했다
나는 그에게 말을 걸고 싶었다
존재의 표시 같은 진공청소기의 소음을 나는
기다리고 있었다
아직 통하진 않았지만 우린 서로 듣고 있다

롤러코스터, 어디까지 보이니?

어디까지 보이니? 어디까지가 안 보이니?
그 너머에는 누가 있니?
바다의 심연이니? 우주의 천공이니?
혹시 이 지상과 우리를 등지고 있는 것은 아니지?
다른 것을 엿보는 것은 아니지?
너희 둘은 무엇을 노래하고 있니?
어디를 향하고 있니?
우리에게 들려주지 않겠니?
부탁해, 거기서 더 높이는 올라가지 말아줘
그곳에서만 놀다가 그만 내려와줘
우리에게 모두 말해주지 않아도 돼, 비밀로 할게
우리가 너희 둘의 꿈을 알고 있진 못해
여기서 우리는 그 꿈 때문에 지금만 조금
힘들 뿐이야, 견디고 있어

밤하늘의 별들이 좀더 밝았으면

어두워요. 추워요. 따뜻했으면 해요. 불안해요. 그래서
밤하늘의 별들이 좀더 밝았으면 좋겠어요, 나는.
하늘은 아직도 어두운 편이에요.

미안해요. 행복하지 못해서. 추워서. 길이 없어서.
통하지 못해서. 멀리 고립되어 있어서.

빛났으면 해요. 나의 밤하늘이 저 산 너머 누군가의 밤하
늘이라면.
미안해요. 그 밤하늘의 내가 빛나지 않아서.
다시 다시 미안해요.

나에게 묻고 싶어졌어요. 이제 어떻게 해야 하는 거죠.
나를 어디로 가게 하죠. 그 길을 가르쳐주세요.
밤하늘이 너무 어두워요.

흰 구름의 학이 되어

모든 희망과 과거를 잊는 시간은
스스로의 망각체가 된다

멀리 도시를 벗어나 하늘을 본 적이 있다

흰 구름, 흰 구름
머릿속에 남아서 다시 찾아온 흰 구름
사라져가는 흰 구름들

파란 하늘을 지나가며 발코니의 한 영혼을
내려다본다
만다라 옷을 걸친 그 여름의 꿈
손버릇이 나쁜 남자

하품처럼 흰 구름을 뜯어 먹는 죽음 속의 남자
혼자 사는, 상상할 수 없는 남자
인류를 사랑하지 않는 남자
지구가 없는 남자

도시는 바다 같아 어디서 살았던가 그 새는
나는
다른 시간의 가지에 앉아 더 많이 살았던

흰 구름, 흰 구름
빵 뚫린 흰 구름
알 수 없는 나라의 오후, 망각과 권태

하늘에 가서 자는 하얀 바람의 잠
후회가 없는 평일
비사회적 비정치적 비인간적 오후의 흰 구름
시시해진 인터넷과 잡지와
나오면서 늙은 신문들

우리에게 그 긴 오후가 도착했다
남자도 치마처럼 즐거울 때가 올 것이다

흰 구름의 빛처럼 겨우 아무 의미가 없게 된
오전

온 도시가 가고 있다

벌써 2020년대가 왔어요

벌써 2020년대가 왔어요
1900년대는 언제 왔고 2010년대는 언제 갔나요
1960년대 작품이나 주물럭거리고 있나요
그런데 빛보다 빠른 시간의 정체는 무엇일까요
그 속을 지나가는 그림자는 무엇이고
고통받는 그는 누구인가요
그의 얼굴을 볼 수가 없고 이름도 알 수가 없어요
그대는 너무 빠르고 너무 덧없어요
찰칵, 도착할 수 없는 한국의 난해한 시간이에요
그래도 그렇지 벌써 2020년대라니, 세월은 정말
덧없이 빠르기가 눈부시다니까요
반성할 틈도 없이 시간은 오는군요
이 과속의 시간 속에 우리는 떼밀려갈 뿐인가요
이룬 것도 없이 2020년대를 맞는다고요(?)
1960년대가 오고 1980년대가 가고요(?)
2010년대가 가고(!) 그들의 청춘이 몽땅 가버린 것처럼
너는 열살, 너는 스무살, 너는 서른살
너는 마흔살, 나는 쉰살, 또 예순살, 일흔살인들……
저 달려오는 2020년대도

다 지나고 나면 나의 것이라 할 수 있는 것은
아마도 아무것도 남아 있지 않을 거예요
한 시대가 오면서 그것만이 우리가 얻는 것인가요

제 3 부

먼지 사람들

사람 비스킷

이 거리에서 부서지는 비스킷은 옛 애인이다

애인이 아니면서 나와 함께 걸었던
가로수길

수십년 후의 가을이 오니 낮은 가을

사랑에 꼭 완전한 문장이 필요한 것은 아니었다
가을 환한 어둠이
살 속에 숨은 조개를 만지던 손을 닮았다

파삭, 하고 가장 가벼운 언어로만 남는 시간이
나의 손등을 뜯어 먹는다

조사도 없고 주어도 없다

입술 안에서 깨뜨리던 몇몇 죽음의 의미

넘치던 너의 살집도 비스킷 가을이 되었겠구나

짧게 말해서
너의 가을도 부서지는 한조각 비스킷이다

저녁의 상공(上空)

그 가족은 까마득한 초고층 아파트 외벽 안에서 살고 있다
초고층으로의 거주 이동은 도피도 아니고 오만도 아니다
구름 곁에 잠든,

딸이 위험하다, 귀뚜라미가 파랗게 울고 있다

죽은 시인의 옷

죽은 시인들의 시는 얼음을 깨뜨리는 얼어붙은 먼 도시의
눈보라 치는 아침에 도착한다

죽어 있는 시인의 시는 시인이 죽어 있기 때문에 살아 있고
살아 있는 시인의 시가 살아 있지 않은 것은
시인이 살아 있기 때문이다

내일 살아 있는 시인이 죽으면
살아 있던 시인의 시는 죽은 시인의 강설로 돌아올 것이다
시는 시인의 끝에서 피어나는 꽃이다

그들의 손에서 풀 냄새가 난다
시인이 죽어서 자신의 시를 볼 수 없을 때 시는 옷을 입는다
시는 혼자서 아름다워진다

멸치 2

또, 아파트 입구에 멸치 장수가 찾아왔다
춘분이 지나면 나머지 같은 멸치들과 함께
시간은 먼지처럼 부서진다

멸치 장수는
멸치들이 죽은 순간들을 좌판에 펼쳐놓는다
나는 건너편 은행 야외 의자에 앉아 바라본다
햇살은 은행 앞에 더 잘 내린다

등이 꾸부러진 멸치
머리가 뒤틀린 멸치
입을 딱 벌린 멸치, 표정 없는 멸치
옆구리가 터진 멸치, 분노하는 멸치, 우울한 멸치

곧게 마른 멸치 ─ 주민에겐 별것 아니겠지만
눈이 없어진 멸치 ─ 그래 봤자 죽음은 같겠지
오늘은 멸치, 멸치뿐이다

더이상 시가 되지 않는 멸치들

원숭이처럼 맨발로 의자에 올라가 앉아
꾸벅꾸벅 졸고 있는 멸치 장수

통제할 수 없는 나의 한낮이 가고 있다

먼지의 패러독스

옷 속에서 주머니 속에서 지갑 속에서
머리카락 속에서 카드 속에서
단말기 속에서 먼지가 절규한다
전철과 레일의 시간이 빛을 부수는 먼지로 달려간다
나노미터의 초미세 입자들이
세상의 모든 소음과 문제를 집어삼킨다
그들은 광속으로 달려가면서 정체되어 있다
기괴한 법칙이다
그 아이들은
자신을 만들어준 눈의 점막과 영혼을 향해 뛰어
내려온다 창공에서 떨어지는 재앙처럼
그 점막과 영혼이 그들이 쉴 곳이다
썩은 냄새
망각의 초미세
죽음의 언어
그들이 우리들의 욕망과 문명의 분신이다
그들은 절망과 혁명 없이 존재할 수 없다
우리가 만든 그들은 우리를 떠날 길이 없다
다른 희망인가 절망인가

먼지는 문명과 지혜의 문제일 뿐인가
먼지는 먼지에게 아무런 문제와 장애가 되지 않는다
죽음의 죽음의 죽음의 옷을 껴입은
고농도 초미세먼지의 시절이
비로소 우리에게 도착했다, 도착했다
하늘을 점령한 먼지의 세계, 소리 없는 폭력, 시위
먼지의 일상, 먼지의 허무
먼지의 권태
마침내 하늘의 거대한 쓰레기 산이 무너지고 있다
봄도 생명도 기억나지 않는다
오늘부터 먼지가 침대 속에서 비명을 지른다
시 속에서 책 속에서 뇌 속에서
비로소 먼지는 우리가 되었다
우리는 먼지를 뒤집어썼다
먼지의 시대 속에서 살게 된 이 먼 미래에 다다른
오늘, 우리는 먼지의 지구에서 살아가는
먼지 사람이 되었다

스티코푸스과의 해삼

늙어빠진 남자가
아침 바다의 상쾌한 구멍 속을 지나간다
구멍은 하나가 아니었다

나는 어디선가 쓸쓸했다 가을 햇살처럼

루주가 귀여운 금색에서 빠져나와
그의 아랫배 속으로 들어가 힘없이 놀고 있다

이 의미와 내막을 아는 자는 남자들이 아니다
작고 짧은 비탈들
여자는 허리를 세우고 앉아 하늘을 쳐다보고
해체된다

꽃은 눈이 없고 찌르는 것은 자신의 가시
스쳐 지나가기만 하면
섬세한 것은 섬세한 감각을 잃고 만다

기이한 혼돈의 실체

예민한 반문을 느리게 건들며 지나간다 제 몸에
물과 진흙을 치대는 생은
벽에게
자신의 시간과 육체를 처발라주는 것

그 힘없는 몸짓과 기교는 그의 몸에만 있다

어리고 작은 시간들을 가르치는 늙음은
새파란 것들의 비명을 사랑으로 높이 떠받들고
간다 어느 연대나

그는 자기 자신을 부르는 아이처럼 울었다는
산해경의 한 생명처럼 깜짝 놀란다

노크

타인의 삶에 노크한다 타인의 눈에 노크한다
노크는 폭력일 수 있다

너는 잘 있지? 죽지 않았지? 아직 기억하지? 그 잔인한
시간들
당신의 노크 소리 들리지 않습니다
화를 내냐구요 어떻게 해야 할지 모르겠습니다
태양의 그늘은 밑으로 지나가고 있죠

누군가 나의 어둠 속에 대고 외친다 목이 찢어지게
계속, 귀찮은 노크
계속이란 말이 가장 시적인 언어, 그곳은
귀찮은 연민으로부터 가장 먼 곳

함부로 말하지 마십시오 나의 가슴은 너의 등에
나의 말은 너의 말귀에 나의 무감은 너의 직설에
나의 등은 너의 얼굴에 대하여

너의 배는 그 무엇에 대하여

만질 수 없는 너의 손등은 또 이름도 없는 그
무엇에 대하여
서로 말하지 않는다 이런 유의 사태에 대해서

침묵하는 것들이 바닥에 배를 대고 눈을 감는다
혼자 따뜻해진다
이곳에만 나의 것이 아닌 너의 유일한 한조각의
따뜻한 심장과 빵이 있을 뿐

심장 속에서 밖을 향해 노크하는 자들
우리가 누구인 줄도 모르고 자신들이 누구인 줄도 모르고
노크하지 말라
용서해달라고 참아달라고 기다려달라고

아무도 동의하지 않고 돌아선다 당신은 우리가
누구인 줄 아는가, 또다시 노크한다

아버지 게놈 지도 한장

아버지는
나를 복제하느라 얼마나 애를 쓰셨을까
어머니와 자기 코 자기 발 자기 눈 자기 다리
자기 손 자기 심장 자기 머리카락
두 사람의 내장을 합하느라고

백조개에 삼십억쌍의 염기를 곱해서 한 사람이
되는가요

뭔가 있을 것 같지만 쓰레기 정보로 가득 찬
허무를 실은 채
흰 구름보다 높은 것이 있는가

쓸데없는 말만 한 것 같은 그 쓸데없는 것들을
소중하게 여겨 모두 담아 넣고 싸웠을
일신(一身)

기상예보와 온도계와 산에서 불어오는
실제의 바람과 명태와 싸워 이긴 아버지를 생각하면

말을 잃는다
울산바위와 동해, 그 불행의 파도는 헤아릴 수 없는
극한에 처해진다

이 고도 같은 나의 생각은, 나와 죽은 아버지의
천명(天命)이 종이와 불탄 글자만도 못한 생이라고
하더라도
사지 끝의 손발로 신경세포와 돌기, 뇌와 척추와
부교감신경과 함께 시작한
슬픔

아니 미토콘드리아들의 장난이라고 말하는 편이
좋을 것 같다
아버지, 아버지를 위해 할 수 있는 것은 이것뿐입니다
나의 생으로는

아들아 너의 할아버지를 쓸데없이 생각하지 마라
살아 있을 날들은 구름 같아서
아버지 게놈 지도 한장

다 늦어버린 지금이라도 살아 있는 지상의
여치 눈만큼 작은 불에 아버지를 붙여주고 싶다

흰 구름과 북경인(北京人)

흰 구름과 북경인이 떠오른 것은
눈에서 그 제국이 패망하고 신생국의 법이
탄생할 때였다

바람은 남쪽에서만 불어갔고 흰 구름은
살아남은 그 생애의 끝처럼 남으로 불어갔다
구름이 지나갈 때 도시는
어느 시대이건 청색증을 앓았다
흰 구름은 몇 세대를 통과하는 중일까

그 흰 구름을 바라보면서 어린이는
그 나라의 교과서에 없는 시처럼 더 먼 남으로
흰 구름과 함께
가지 못했다

티끌만 한 귤이 가지에 달리는 나라의 작은
복도
몇번째 창밖 하늘에 춘분이 지나갈 때
어린이는

햇살 사이 렌즈 속에서 타는 태양이 되었고
암흑이 되었다

자기 생보다 가벼운 흰 구름의 윤전(輪轉)
시상하부의 유전(遺傳)
부모 세대보다 더 높은 곳까지 날아올랐으나
살아준 생애처럼 바쳐진 시간만큼
무용한
독단과 대립과 성장과 해체

그 흰 구름을 쳐다본 것은
다시 돌아갈 수 없는 어린이 북경인이었다

바람만 불면 우리는 어디든지 갈 수 있었다
그렇다, 가지 않았을 뿐이다
거리가 변해도
흰 구름과 북경인에게 바뀐 것은 없었다
그들의 손은 여전히 펴지 못한 부채처럼
생채기투성이의 산수화

번쩍, 청색 종이 한장이 파란 하늘에서
몸을 뒤집고 떨어진다
흰 구름과 북경인이 찾아온 것은
그 부패한 도시의 옥상과 계단 사이에서였다

물방울, 물방울, 오직 물방울만

…… 속에는 아무것도 없다

귀여운 먼지들이 있을 뿐이다

……은 지붕에서 떨어진다 바람의 영향을 받는다

휘어지기 싫어 수직으로 떨어지기를 바란다

……은 산산조각이 난다

아, 산산조각이 난다

……은 유의미하다 차갑다 작고 빠르다 ……은 오래

있지 않는다

…… 소리에만 나는 깨어난다

찬 공기 속에 나의 귀가 있다 나는 그 소리의

신비한 함정에 빠져든다

어디로 간 것일까

그때 나는 생소한 삶으로 돌아와

저쪽에서 죽음처럼 조용하게 그 소리를 듣는다

나의 검은 등에 ……이 계속 떨어진다

계속 ……이 떨어진다

저쪽 공기의 깃털들이 소스라친다

나는 ……이 떨어지는 자리에 그릇을 받쳐두고

들어온다 ……을 남겨두고

…… 소리가 사라지고 ……이 모인다
긴 다리를 끌고 나는 겨우 풀 속으로 기어들어간다
흙 속으로 엎드려 기어들어간다
…… 소리가 아직도 남아서 들린다

너의 나라 다도해에서

고개를 꺾는 고가도로의 교각은 하늘에 떠 있다

문득 한국은 사아승기 십만겁 후
나의 친구들은 파랗게 펼쳐지고 그들의 가족은
빨갛게 타오른다

오늘은 사아승기 십만겁 전
사아승기 십만겁의 뒤가 되는 오늘
한낮에 사람들은 다 죽고 가고 없다

눈물겨운 삶들이 불을 켜고 하늘 속을 달려간다
누구인가
그 허공에서 핸들을 들여다보는 나는

매일 오늘까지
삶을 모르는 날이 지속되어왔다 그 끝에서
모든 과거가 만났다가 헤어진다
앙, 뼈가 없는 창공이 아리다

동반구의 한국은 기울고 동반구의 남해는
하늘 속에서 고속도로를 달리고
동반구의 바다는 서역의 노을

바다를 건너는 저 높은 공중 대교는 한마리
갈매기처럼
이제는 뒤돌아볼 수가 없다

핸들이 없는 차들이 아치의 상공을 달려간다
알 수 없는 음악과 시행(詩行)들만
그 끝없는 어딘가로 달려가고 있을 뿐이다

너의 나라 다도해는
내일 아침 술 같은 해가 뜰 것이다
그곳에 우리가 다시 만날 수 있는 길은 없다

고층 지붕 위의 남자

한 남자가 고층 지붕에 서 있다
고층 지붕의 발바닥은 타버릴 듯 뜨겁다
날아가지 않는 이상 그가 아래로 뛰어내릴지도
모른다
그 길 외의 다른 길은
저 고층 지붕엔 없는 것 같다

그때
남자에게 아니 한 인간에게 날개가 없다는 것이
다시 문제가 되었을 것이다

몇마리 바둑비둘기들이
메마른 대기질의 먼지를 사이에 두고,
삼십층 아래 도로 건너편 교각 밑에서 부리로만
사랑을 나누고 있다

그들의 거리는 언제나 아득한 절벽이며 우주이다

지붕엔 아직도 한 남자가 모자를 쓴 채

서 있다
그가 서 있을 시간은 그리 많지 않다
더구나 최근에 그는 가끔씩 보이지 않는다

백년 전에 올라간 그는 미세먼지가 날아올 때
잠시,
횡단보도의 어느 고층 지붕 끝에서
백골의 미라처럼 펄럭일 것이다

또 공항으로 갈 때가 되었나

또 인천국제공항에 가야 할 때가 되었나
목마른 사월이 가고 비정치적
오월이 오기 전
현실 아닌 현실은 알리바이인가 묵비권인가

나는 이 하늘이 조롱이 된다는 것을
믿은 적이 없다
국제공항에서 동체와 함께 날아오를 때
투명한 입자 속으로 덜컹, 건너가는 허공의
며칠 휴가

시그널과 함께
만 미터쯤 하늘과 키스하고 다시 평범해지는
저쪽 이승의 부재
잠시 뒤 국제공항은 간곳없다

아, 허무의 하늘에 와 있는 그 현실
돌아오지 않을 것처럼 나를 바람으로 묶고
지평선 천공으로 가뭇없이 떠났지만

하늘도 다시 목마른 개화기
나는 흰 구름을 쳐다보는 고층 빌딩 아래에서
혀에 묶인 꿈이 된다
활짝, 당신과 함께 저 여름 하늘을
꽃처럼 넘어가기 위해

또 인천국제공항에 가야 할 때가 되었나

가족의 심장 속에서

날개의 빛들이 칼날처럼 돌아가고 있다
심장을 지나온 심장 속에서

빌딩 사이 광선이 진입하는 전두엽의 눈구멍
들립니까,
다른 곳에 도착한 이 미래가
근원을 파괴하고 미래를 잃어버린
어느 행성의 직물(織物)

불은 가족들의 심장 속에 감추어져 있어요
그 빛은 아이들의 눈 속에 서 있어요

우리 아이들이에요
곳곳에서 불안한 가족의 심장이 뛰고 있다
빛들이 반득반득 눈을 들었다 내리는
그 신성한 불을 담아 가는 약속의 시간들
어느날 기억을 잃을 유전의 길

날아가는 것들의 위험

날아가는 것들을 방해하는 것들의 불행
가족들의 심장을 정조준한
오래되고 낡은 고도에서 그들은 살고 있다

아로니아의 엄마가 될 수 있나

아로니아에게 물을 주어야 하는
아침이다
멀리 해가 지는 영북 바닷가에 와서
수평선 불빛과 마음을 맞추다 눈 떴을 때

제일 먼저 눈앞에 아로니아가 나타났다
아로니아
왜 물을 들고 오시지 않는 거죠
세번째 잎을 피워냈어요

나는 어느새 아로니아의 엄마가 되었다
아끼는 것이 안에 있는 사람은
밖에 나와 오래 머물 수 없음을 알지

아름다운 것이 맨 나중에 온다면
가장 아름다운 시는 모든 것의 맨 끝에
서 있어도 괜찮지 않을까

설악의 첫 아침 능선을 종부돋움하고 있을

삼년생 기다림에게
앉아서 등을 내주고 뒤돌아보며
나는 나를 기다리는 아로니아가 된다

이층을 쳐다보는 논개구리

오래전부터 그들은 울고 있었다
검은 물을 첨벙이는 트랙터의 써렛날에
몸이 잘려 죽었다는 것을
아무도 모르기 때문에

환히 이층에 불을 켜준다
글도 쓰지 않고 그 울음바다로 빠져나온
한 시인은
삶을 등진 의자를 밖으로 내놓고
죽음보다 짙은 생의 어둠 저쪽으로
돌아앉는다

아무리 진보적이라 할지라도
어쩔 수 없는 일을 어쩔 수 있는 일로
바꾸진 못한다
마음과 정신은 밤을 지키는 그 울음으로
나는 또 한해 언어의 희생을 대신하는
빚을 진다

모내기를 마친 날 밤 등 눌린 그들의
집단적 울음소리에
그 새파란 혼란의 줄기 속으로
다시 어린모와 바람의 위로를 수용하기로
한다

얼음 속에서 울었던 겨울처럼
그들의 죽음을 등진
파란 모로 햇살 차양 친 물 위의 울음만
그 마음의 입문을 허락할 것이다

시인별을 마주 보는 밤

카시오페이아에서 북두칠성까지 갈 수 있을까

바라보면 건너편
그쯤이야 하면서 아직 떠나지 못한다

나 죽는 날 그 별 끝에서 그 별의 허공을 건너
천년만년 건너갈 것이다 쉬지 않고
이 세상처럼 울면서 웃으면서 노래하면서
하늘에서도 분노하면서

저 천상에 밤이 있을까
아직도 흔들리며 오호츠크해 동쪽으로 건너가는
오늘은 물속에서 빛줄기로 흔들리는 별들

바라보면 요기 요기 지척일 뿐
행여 몇번 죽어서도 가지 못할 거리가 아닐까

살아 있어서 너를 밟고 건너갈 검은 밤하늘을
오늘도 쳐다보며 이 별을 밟고 간다

아, 하늘은 이 지상보다 더 소란한 것 같구나

반드시 저 별빛만 한 것들만
저 별들에게로 갈 수 있을 것이다

* 포세이돈의 처벌을 받은 카시오페이아는 하늘에 앉아 있는 별자
리로 의자에 묶여 있다. 1572년 덴마크의 천문학자 티코 브라헤
가 카시오페이아자리에서 '티코 신성'을 발견하였는데, 1574년
3월까지는 이 별을 낮에도 볼 수 있었다고 한다. 현재 이 신성의
잔해는 없으며 성운의 흔적만 남아 있다.

오늘 망각의 강가에

김정환 시인에게

나는 오늘 저녁 망각의 강가에 도착했다
고백건대 삶에 충실하면서 이 강을 잊은 적이 없다
나는 늘 모든 인간의 약속을 버리고 이곳에 온다
(미안하다)

나에게 기억을 부탁한다고 부탁하지 마십시오
생존권 복지권 같은 걸로 날 유혹하고 설득하지 마십시오
친구들은 아직 번연한 기억의 도시에서 살아가겠죠
솔직히 나는 그대들의 아무것도 기억하고 있지 않소
이 망각의 강가에,
죽어 있는 것처럼 살아 있을 뿐이라고 말하고 싶다, 물처럼
오늘 그 당산동은
인간과 지구와 도시가 어디 있는지도 모른다
조용한 참극의 시간 속에서 나는 그는 나는 그는 나는
망각의 강가에 오늘 저녁 도착했다(무사히?)

해가 지고 있다, 친구의 아파트에
도시의 불야성은 대낮보다 소란하고 찬란한 거짓이다
나의 눈에는 꿈속의 십자 가시들

우리는 그 속에서 살다가 이미 다 죽었죠
그녀의 말처럼 저 불빛들은 거대한 연료봉이 탄다는 증거
미래 도시는, 결코 앞을 내다볼 수 없죠
그러면서도 도시가 전능한 것처럼 포장되고 표현된다

나는 아무것도 기억하고 싶지 않다(나는 이미, 어쩌면 그
렇다)
아무것도 상상할 수 없게 되었다
유리창 밖의 저녁 하늘, 혼자 혼혼한 저녁 하늘 혼자
북새가 날아간 땅거미 저 너머 안쪽, 하천은 혼자 흘러
간다
나뭇가지의 잠시 노을이 이미 지구적 삶을 충족시켰다

이제 어떡하죠?
우리는 매일 모래 한알의 독극물을 던진다
검은 물고기들은 눈물의 반응을 보이지 않는다

표선(表善)에 간 적 있다

동제주 정승윤 인형에게

찾아오지 않는 사람의 얼굴 같은
바람만 불어왔다
쪽빛 스카프를 목에 감은 꿈을
바다에 던지기엔
이미 늦었지만, 산도롱맨도롱
작은 사슴이 오름이 보이도록
바람이 불면
이 한편 시를
가고 없는 그들에게 바칠까
함께 왔다 혼자 가는 사람과 차는
벌레처럼 작아진다
해는 검은 현무암
콩알만 한 구멍 속에 들었을까
밤새 불면
후회 없는 가지가 없을 것임에
앙, 표선에서 못 꾼 꿈이
다시 바람 분다
나 없이 늙지 않는 청춘의 바다는
가지를 않는다

그대여 나 표선에 간 적 있지만
그 표선에 온 적은 없었다

키르기스스탄의 달

그때 그가 그곳에 있었기에 키르기스스탄을
사랑하게 되었다

하나의 문장을 쓴다는 것은 잊지 않는다는 것
먼 곳에서 지우고 쓰고 또 지움으로써
사람처럼 더 아름다워지고 분명해진다

그때 그가 그곳에 없었다면
그는 키르기스스탄을 기억할 수 없을 것이다

해발 삼천 미터의 설산을 넘으면서 잃어버린
아픔 같은 것
나에게 지나간 것이 무엇인지는 서로
모를 것이다
이식쿨 호수가 이식쿨에 있는 것처럼

우리는 매일 다른 길로 그곳에 도착할 것이다
이식쿨 호수는 매일 그곳의 아침이다
세시간 늦은 밤 저쪽의 동쪽

세시간 빠른 낮 이쪽의 서쪽

아름다운 이름과 함께 있는 비슈켄트
내 몸속에서 녹지 않는 얼음의 언어가
되었다

그 어디선가 아침마다 설산의 능선을 넘는
달처럼 우리는 가고 있다

사서함의 가벼운 눈발

뉴욕에서 잠든 박민흠 시인에게

이제 눈의 사서함에 새가 들락날락한다
얼음문을 열어주지 않아서

보석처럼 깨어나면 얼어붙는 눈
눈동자만 한 날개를 달고
그가 지향했던 먼 우주로 여행을 떠났다
눈이 안 붙어(언제 돌아오느냐면 웃는다)

빨간 페인트의 사서함만 그 길에 서 있다

사서함 주인은 2017년 여름
정확하게, 뉴욕 이스트강의 브루클린이 가까운
한 장기이식 병동에서
눈을 감았다 작은 구멍 하나 막지 못하고

너무나 너무나 더웠던 그 여름 한가운데서

이 말만 남겼다, 죽을 때 정강이뼈가 아팠다

그후, 그는 나의 모바일에 오지 않는다
나를 기억할 수 없음을
죽음으로 증명한 친구의 묵언

한국의 친구는 미국 친구의 전화번호를 아직도
지우지 않았다
죽은 자의 친구 산 자의 친구
이 낯선 지구의
고성과 강릉과 정선에서 잠을 재워주던 시인

친구는 빨간 넥타이를 맨 구름의 새가 되어
그 사서함 지붕 위로 날아다닌다
그의 죽음은 희극적이고 리얼하다
그의 생은 새처럼 은유적이고 아름답고 작다

시행(詩行)은 끝날 때 다시 시작하는 법이다

서울, 어느 평론가와 시인과 함께

아내가 많이 아프다는 고 평론가와
오십대 들어선 구리시 이 시인과
시청역 11번 입구 이층 커피숍에서 커피를
했다
커피를 마시는 셋은 가까운 시간에서 보면
기억 같아 보였다
정말 슬프고 추운 사람은 깃이 짧은 점퍼와
목이 짧은 양말을 신은
평론가였다
시인은 오리털 속으로 자신을 집어넣고 있고
나는 내가 지나온 그 오십대의
두 사람을 대문 앞에서 보내는 것 같았다
누구나 저 지하 입구로 들어가면
행방불명이 된다, 나는 앞으로
그렇게 살 작정이지만 어서 오십대를 지나가시게
서울의 삶은 아무것도 아니었다
제발 그렇게 말할 수 있었으면 좋겠군
아내와 아이들과 함께 살아가는
신월동 근처의 삶과 안양천 너머의 한강 찬 바람과

비교할 수 있을까
혼자 써야 하는 글이 너무 어렵고 아파져서
이 서울의 빌딩 그늘은 춥다
입술이 터진 평론가를 좌석버스로 혼자 보내고
그늘진 서소문로 길바닥의 찬 바람을 피해
둘은 지하로 뛰어내려갔다
가장(家長)의 후배는 성산대교 바람 속을 아직도
건너가고 있을까,
서울을 찾아오던 젊은 날의 꽃 같은 시절들을
복기하고 있을까, 복기하지 않고 눈 감고 있을까
시인은 을지로입구역에서 내리고
나는 왕십리 환승역을 향해 달려갔다
서풍은 꽃가지에서 벌써 헤어지기 시작한다
길 없는 신인(新人)들처럼 춥고 쓸쓸한 우리는
그곳에서 다시 만나지 못할 것이다

서울 사는 K시인에게

K형이라고 부르고 싶군요 이해해주십시오
오늘 아침도 잘 기침하셨습니까
이 미래에도 그 정류장에 벌써 내리고 계시군요
그 거리 삭풍은
예나 지금이나 변함이 없지요
빌딩 옥상과 유리창이 뿌려대는 눈보라이겠지요
나는 아니지만 당신은 그 나라의 시민입니다
젊었을 땐 사거리 지하에서
한권의 차가운 책을 들고 영혼을 흔들며 웃었죠
언젠간 서울 바닥을 떠나리라
그러나 K형,
진눈깨비 없는 세상과 겨울은 없는 것 같습니다
모든 것이 부정되는 것도 아닙니다
모든 희망이 또 희망이 아니었습니다
찢어진 형의 구두는 오늘도 거리를 관통하고 있겠죠
K형, 결국 우린 서로 행불자가 됐습니다
그러나 괘념치 맙시다
모든 생이 동등해야 하는 것도 아니잖습니까
이 말이 좀 슬프긴 합니다

나는 K형이 매일 출근하던 그 도시의 수직과 불안이
싫었습니다 이 아픔은 치유되지 않을 겁니다
세월이 흐르고 보니 알겠습니다
새벽에 눈떠, 진눈 쳐대는 지방 산골 창 밑에서
질척이는 거리로 뛰쳐나온 K형을 생각하고 있지요
뼈처럼 떨고 있는 흰 나뭇가지들
정말 무서운 나라입니다 이길 수가 없을 것 같아요
파도치는 한낮의 속초 방파제, 섬, 갈매기도 그렇고
모든 것이 낯설어,
그냥 한통 써보는 시답잖은 편지올시다
참 이상한 일이지 지금도 캄캄하고 추운 겨울이라니
신혼과 함께 이 미래로 떠나왔지만
우리는 대체 뭘 걱정하고 뭘 기다리는 걸까요
형이 계신 도시도 어두워지고 있지요
제가 사는 이 작은 시골도 어두워지고 있습니다
K형, 아무쪼록 조심해서 귀가하시기 바랍니다
아 내 정신 좀 봐, 오늘을
대충 2016년 1월 말쯤이라 해둡시다

보청기 사회

깊은 곳에 말은 살아 있다
모든 것이 죽은 줄 알고 살았던 지상에서
그 깊은 곳은 보이지 않는다
그 사회의 바람 부는 언덕에 보청기 하나가
망루처럼 서 있다
망루는 건물로 완성되어 시민들이 살고 있지만
보청기는 보이지 않는다

보청기는 진동하고 있을 것이다 귓속에서
작은 미세 코일과 고막은 함께 동굴의 시대를
통과했다
청각 세포는 개국 시절부터 죽어 있었다
우리는 눈먼 아이들처럼 언덕만 쳐다보았다
그곳에서 자라 바다로 나간 뒤
돌아오지 않았다

아이들은 자라 어른이 되었고
아이들은 어느 시대에나 떠나고 없다
여자들과 결혼하고 친구와 나는 늙어갔다

죽은 할아버지와 요양원 아버지와 똑같이
우리들 중에
함께 살아가리라 선언했던 시인은 제일 먼저 죽고
그 말은 땅에 묻혔다

좌절한 시인의 말만 아직 푸르게 살아 있는 걸까
유년의 보청기 사회는 아직도
그곳에 존속하고 있는가
귀를 기울이면 그들의 아우성이 울려온다
땅속에서, 깊은 몸속에서
바람 소리와 함께 알아들을 수 없는
이국 언어와 함께

모든 것을 늦지 않게 내려놓을 수 있게 되었지만
그 소리만은 해석하고 싶었다
귀가 자라고 있던 보청기 사회의 소년
말하지 못한 암흑 사회의 작은 입들
콩알만 한 보청기는 초대형 티브이가 되었다

제 4 부

아직까지 알려지지 않은 사실이 있었습니다

연한 주황색

어디선가 연한 주황색이 출현했다
처음엔 작은 점으로 흔들리다 가까이 다가오면서
아주 커다란 주황색이 되었다
연한 주황색은 나를 감싸고 천변만화했고 공기보다
가벼워졌다 비명을 삼켰다

불완전한 나의 주황색에게 연한 주황색이 말했다
처음부터 구십구 퍼센트는 볼 것이 없지만
나머지 일 퍼센트 안엔 당신이 보고 갈 것이 많다
우리는 서로를 통해 더 커다란 주황색을 만날 것이다
알다시피 당신은
그동안 너무나 오래 고통스러운 생각을 해왔다
연한 주황색은 영원히 변하지 않는다
당신이 눈만 뜨지 않는다면

첫 여행을 떠나는 아침은 들떠서 눈을 뜰 뻔했다
점점 나는 연한 주황색으로 변해갔다

도무지 슬프지 않은 어떤 시간 속에서

아기였을 때는 항상 어머니와 함께 잤고
소년 때는 늘 홀로된 할머니 곁에서 잤는데
총각 때는 혼자 자게 되었다
결혼을 하고는
언제나 아내와 함께 잤다
책을 손에 쥐고 잠든 적도 없지 않지만
잠은 어떤 시간의 사이에서 잠시 빌린 것이었다
앞으론 누구와 함께 잘 일이 없어졌다
그러니까 나에게 잠을 대줄 사람이 없다
나는 앞으로 매일 밤
혼자서 잘 일이 걱정이다
아침까지 밤을 건너가야 하기 때문이다
물론 안전하게 지구와 달이 데려다주겠지만
나는 앞으로
조금씩 더 어두워져갈 나를 껴안고 잘 것이다
먼 별밤이 되어 돌아올 일은 없을 것 같다

둥그런 사과

죽음 이쪽으로 건너오지 않는 영혼은 없다

예각만이 저 사과를 파괴할 수 있다
씨를 잉태한 과육의, 껍질만 붉은 흰 사과

쩍, 악마는 제 속살을 벌려준다 들어오라고

이 도시에서
신이 들고 있는 가위의 손잡이는 보이지 않는다
죽음은 눈을 삭둑삭둑 잘라냈다

죽음 저쪽은 욕망의 쓰레기만 한없이 쌓여간다
마천루도 어둠 밖에 서 있다
모든 것이 사과 껍질 위에 서 있는 허상들
이 죽음 쪽으로 건너오지 못할 유혹은 없다

이제부터 언어는 자유가 된다
죽음 저쪽에서 비난받고 나열되던 헌 해학들

칼에 찔리는 동안의 둥그런 사과 껍질
작은 죽음들이 도시 속에 씨를 뱉고 건너온다

저곳에선
삼각형의 사과를 둥근 입술로는 벨 수가 없다

밤의 밤을 지나가다

밤은 바다처럼 펼쳐져서 지나간다
저쪽에 와 있는 밤은 혼자 밤을 배회한다
그 여자를 기다리듯이
바닥도 없이 깊어지는 밤
기쁨과 상처가 없어도 얼굴을 가려준다

밤이 퍼져 있는 밤까지 밤은 간다
환히 불 켠,
해마의 어느 동쪽 땅에서 서쪽으로 이어진
긴 상가의 가등 아래

빛을 두려워하는 페르시아고양이는
이 밤의 비밀을 생각한 적이 있었을까, 정말?
밤이 어디서 오는지, 정말?
혹은 밤이 누군지
너의 눈이 과연 사람인 적 있었을까, 정말?

한없는 순종으로 시의 행간을 찾아오던
그 여자의 독서처럼

밤 속에 있으면서 밤이 된 적이 없다
밤은 서늘하게도
모기 머리처럼 여름 창틀에 올려졌다

밤은 졸지 않는다
어딘가로 물러갔다가 다시 찾아오는 환상
밤의 수많은 기억들
사람들 사이로 스며들던 그 흐린 빛들

그곳에서 한없이 내려다보던 밤은
네가 잠든 사이 돌아간다
밤은 늘 저 불빛 뒤에 서 있다가 새벽처럼
가고 없다, 정말?

밤의 땅속으로

남쪽의 태양이 너무 강해 일생 반대쪽 땅속으로
뿌리를 뻗는다 그 아래 서늘한 흙살이 모여 있는 곳으로
향한다
자신의 구심점들이 먼 반대쪽에 살고 있으면서
그의 본질은 다른 곳에 있다
본다, 저 소나무의 북쪽 경사면의 땅속
조용한 산모래가 산을 짊어지는 일은 고적하기도 하지
경쟁과 절망, 기대와 상처가 없는 곳
그들로서는 쓸쓸하고 재미없는 곳
나의 친구들이 살고 있는 저 지상의 도시엔
잔뿌리 끝의 모래와 함께할 대적(對敵)과 대자(對自)는
없다
나 뿌리 하나만 기슭으로 내려간다, 위태로워라
망각하지 않으려는 듯
모두 자신을 잃는 어느 한순간이 왔을 때
말만은 할 수 있기 위해서라도 모래폭포로 내려갔던 것
굉음과 상승 속에서도 너를 잊은 적이 없다
눈은 뿌리의 끝을 잡을 것이다
모두 양지로 문을 열고 눈을 뜰 때 문이 닫히고 눈이 감긴다

이젠 모두 모를 일, 그 일도 눈도 모를 일
끝내 개폐(開閉)가 왜 있는지
그들이 이곳을 찾아올 때, 도굴될 때 모든 것은 끝이 날 것
우리의 일상이 가로막힌 저 산의 비탈에서 창을 내고
한 시대를 견디며 살았다 할지라도
다시 세월이 굽이쳐 가고 수십번 초록이 사라진다 해도
남쪽의 태양이 나날이 강해지고
새 줄기와 가지 들이 점점 더 뻣세질 때
산모래의 시간이 또다른 점 하나 찍지 못하면
저 하늘의 별들도
박테리아를 키운 흙 알갱이 하나 되지 못한다

수저통

크고 작은 수저 여섯의 실루엣
모든 시간이 지나간 것처럼 지금도 그 집엔

반지하는
젊은 시인이 영원 유숙해도 보이지 않을 것

저 두벌의 수저로 끝이 온다 해도
더 좋은 시를 쓰지 못해도 어쩔 수 없는 일

이 시간은 아이처럼 수저가 기특하다는 생각뿐

맞은편 식탁의 수저통을 보고 웃는다, 하아
수저통도 나를 마주 보고 웃어준다

이 도시에서 이슬비 맞지 않은 유리창은 없을 것

춥게 떨던 시간들이 수저통에 서 있다
얼마나 바닥을 닦고 입을 씻어냈던 것일까

네개의 가느다란 젓가락과 두 사람의
작은 입을 닮은 숟가락만 반짝이고 서 있다

날뛰는 시간의 치마(馳馬)

작두날에서 춤을 추는 자들의 시간 쳇바퀴
서사의 파편 속에 선 꼭두각시들
죽은 자들의 이름으로만 인쇄된 책 한권
그 책으로 열하의 세월을 건너간다
바다는 구름에 닿고 해저 암산(巖山)에 닿다
점점 신뢰할 수 있는 노래가 되어간다
종말론적 이상주의자들의 공분
야유를 퍼붓는 비겁한 자들의 피맺힌 아우성
무위 속에 몸을 던진 유기체의 시간들
종잇장 같은 언어의 목숨을 걸어둔다
잠시 왔다 가는 아파트 안의 젊은 영혼들
핏방울, 방울방울 핏방울
심야의 도시에 허무의 시절들이 간다
도시는 도시를 팔에 걸고 공전(空轉)한다
상흔의 상상들이 고층 전광판 열대야 속에서
건너뛴다 천길 벼랑 아랜 우리 아파트
옥상 쓰레기장, 저 길바닥
그들이 저 도시의 한낮을 걸어간 이름들인가
젊은 꿈들의 새빨간 거짓말, 실리콘 같은

두 다리, 길고 짧은 혀, 너, 너, 너
스마트폰만 한 한국의 시끄러운 속국들
작두날에서 내일의 여자들이 발산한다
슬픔의 너, 두 눈으로 보게 하라
도시의 짧은 하루 속에서 늙어가는 삥삥이들
고양이 얼굴 반쪽만 한 도시
그 조각 얼굴 한쪽에만 긴 석양이 들이친다

그 여자 기억상실 속에서

혼자 기억상실증에 걸린 것일까
판수가 눈 뜰 때 이 여자가 경쇠를 흔들었지
모든 질서를 흔드는
그 방울 소리 없이는 길을 갈 수 없다고

혼돈이 희망과 악습을 퇴치할 수 있을까
치유 전에 불안을 제거한다고
자신을 세정하고 약물을 중화하는
대체 자신이 자신인 사람은 누구일까

꿈이 아닌 것의 망언들이 만개하는 시대
헛헛하고 난폭한 은유의 오후
미생전(未生前) 말들은 또다른 내일의 악몽을 꿈꾼다

꼭 한 철이라도, 저 조용한 가을을 건너고 싶다
은과 잎, 동과 빛과 함께 핵과(核果)와 둘이서
하지만 불행한 나는
멀리서도 그 여자의 시대를 관통하고 있다

다시 그 여자에게 마구 경쇠 흔들어달라고
내 가슴에 붙어, 네 가슴에 붙어
온 세상 흔들어달라고
죽기 전에 다시 한번 그녀를 불러야 할까

지네
다시 미토콘드리아의 추억

지네가 살고 있는 한 여자가 있다
지네는 그 여자가 태어날 때부터 몸속에 있었다
탯줄 속에 숨어 있다가
그녀가 태어날 때 가윗날의 피를 피해
아기 몸속으로 빛처럼 사라졌다

가끔 그 여자의 목덜미에 까만 지네 새끼 한마리가
기어다닌다

여자는 나를 보고 태양처럼 삶에 대해 질문한다
나는 슬쩍 삶이란
지네 같은 것일지도 모른다고 말하려다 말았다
지네가 외쳤다
여자가 죽는 날 나도 함께 죽는다오
이렇게 일생 한번 말한다고 속삭였다 오싹했다

서울의 햇살이 싫었다
지네는 가슴이 파인 여자의 원피스 어깨 속으로 들어가
사라졌다

입을 닫고 먼 산을 바라보고 나는 나에게 자문했다

시란 무엇인가 이 질문의 강도에
도로 어딘가 열려 있는 맨홀에서 악취가 났다
지네는
푸른 독을 내뿜으며 손목의 유리구슬을 반짝였다

한 여자의 비밀이 숨어 있었다

아직도 생각하는 사람에 대한 착각

생각하는 사람을
처음 본 것은 외설악 너머 동쪽에서였다

한 남자가 변기에 앉아서 턱에 손을 받치고
무언가 생각하고 있었다 좀 어두운 편이었다
얼굴 한쪽이 일그러져 있었다

나날이 좋은 어느날 명쾌한 아침이었다
풀밭의 이슬에 지평선 햇살이 닿을 무렵
변기에 앉은 한국의 한 시인은
문득 그 생각하는 사람을 기억해냈다
치질을 앓는 항문 끝에
수많은 아침과 풀이슬 한줄로 서 있었다

그때 엉덩이에서 똥오줌이 빠져나오는 중이었다
난처하고 어처구니없는 일이 아니다
그 사진을 처음 보았을 때 그는 이상한 남자였다
우리가 그곳에 앉아 있는 자들 같았다

생각하는 사람은 변기에 앉아 있는 사람이었다
오만상을 짓는 쾌변은 어떤 고통스러운 굴절일까
그 누군가는 때론
변비의 지옥 위에 계속 앉아 있어야 한다

오, 그래서 말인데
그래서 그 변기를 차고 사는 자들도 있다
변기의 남자를 사진으로 말고 실물로 보고 싶다

* 로댕의 청동 조각 작품「지옥문」의 일부로 제작되었던 '생각하
는 사람'. 위에서 아래쪽 군상(群像)을 내려다보는 이 조각상은
자신의 과거를 생각하고 반성하는 모습으로서 '시인'이란 이름
이 붙여졌다고 한다. 한 인간이 폭명할 것 같은 딱딱한 전신 근육
의 긴장은 보는 이로 하여금 아주 불쾌한 인상을 준다.

영혼과 싸움

그대는 위로 날아 올라갔지만 나는 무덤을 만든다
스스로
그대의 말은 자유로워졌지만 나의 혀는 죽는다
언어가
조용히 눈감은 자의 혀 위에 얹히는 것을 본다
찢어진 밤의 망막, 별도의 잠을 청하는 죽음
재가 되는 베개
거짓 언약도 광음 속에 피가 된다
이 절벽 밑에 그들의 꿈이 정말 도착한다면
이것만이 내가 보는 그들의
미래
이빨들은 움직이기 시작했다 아래턱만
그 나라의 음식을 씹는 입에서 말은 중얼거린다
과도하게 생이 미화되고 있다
진창의 영혼은 건져 올려 하늘 위로 던져졌지만
그의 육신은 시궁창에서 썩고 있다
한마리 크림색 페르시안익스트림 고양이의
빛의 꿈처럼
도시는 텅 비고 어둠 속의 강보 안에 싸여 있다

둥근 열매를 쳐다보다

그들이 떠나간 뒤 단 한번의 기별도 없었다
떠난 자는 떠나온 곳을 기억하지 않는다

떠난 곳에서 그들은 계속 떠날 것이다
처음에도 빈손이고 마지막도 처음이다

머리 위 작고 파란 빛의 출렁임
보라, 자매가 분명한, 저 둥근 여자 열매들

항상 한 철은 가고 또다른 한 철이 오고 있다
가지는 항상 슬픔과 삶 곁에 남아 있다

그 근처 어디서 스스로 혼자씩 떨어진다

시간은 나뭇가지에 걸려, 그들의 생애 쪽으로
매일, 해가 진다

엉뚱하게 태양에게

그토록 오랜 세월 동안

그 많은 구름과 비와 햇살을 보내주었건만
고맙다는 말 한마디 하지 않는다
모두가 지구환경과 기후 문제라고 둘러대면서
물 한그릇 떠놓지 않는다

나는 오늘,
한통의 물을 배 속에 껴안고 둥둥둥
물과 함께 썩은 시신의 기관(氣管) 속으로 흘러가면서
잠을 잔다 혼곤한
이 창자 저 창자 저 장기 저 심실 이 뼛속까지
데옥시리보핵산까지 불을 켜고
그래도 인류는
고맙다는 빈말 한마디 하지 않는다

인간은 언제쯤에나 다시 태양을 존경하게 될까
쳐다보게 될까
물 한그릇 마시고 자는 잠은 달지만

살아 있는 자들이 걱정이다
그토록 오랜 세월 어떻게 잊었을까 나의 생명의
저 건너편을

꿈에서 태양에게 얼른 인사를 한다, 나는
안녕! 하고 손을 흔들고
그때 그토록 오랜 세월 동안이란 말이 떠올랐다
매일 아침마다 동쪽을 열고 오는 태양
그토록 오랜 세월 동안

죽은 어느 청춘의 도서관에서

언젠가는 잘될 거야 자신에게 주문을 걸었다
연기 같은 불길한 생각은 지워버려
지긋지긋한 곰팡이의 여름이 다시 오고 있었다
도서관은 모든 뉴스와 소음 바깥에 있다
창밖에 비라도 올 양이면 책에 얼굴을 묻는다
책엔 앞날이 있는 것 같지가 않았다
앞날은 암울하기만 하다 책도 암울하기만 하다
이것은 내가 아니야 이럴 리가 없다
다른 내가 되어간다는 것을 이미 알고 있었다
거울 안의 밝기가 점점 어두워간다
어둠 속을 혼자 걸어가는 데 익숙해지고 있다
어둠의 촉수가 발달되고 있다
운이 좋아 날아간 새들은 어디쯤 가 앉았을까
어디선가 어둠을 기억하고 커피를 마시겠지
죽으란 법은 없는 거야 언젠가는 나도 잘될 거야
쓸데없는 생각 하지 마, 위험해
대학과 도시는 먼 기억의 저쪽으로 사라져간다
정신 차려, 지금은 다만 이럴 뿐이야
먼 도서관에서 청춘의 마지막 비명이 들려왔다

서 있는 불

촛불은 피처럼 움직이고 음속보다 앞서갔다
어떤 정책과 입김으로 끌 수 없는 혼처럼
고통의 발자국은 축제가 되었다
하얀 양초가
심장에서 끌어올린 우리의 흰 피라는 것을
알기 전까지

촛불은 아이들의 눈을 기쁘게 했다
우리의 절망과 늙음을 정화했을 것이다 다만
우리가 어디서 누구로 살아가든
언제나 서로 촛불이란 사실을
미완의 도시는 또다시 재현했을 뿐이다

우리의 과거는 그들의 작은 손바닥에서
끊임없이 솟아오르는 양초를 예언한다
그들의 미래는
옛 얼굴에서 촛대가 솟았다고 기억할 것이다
손바닥에 서 있는 촛불의 은유는
각자 자신이 왔던 길로 돌아가고 있다

공포의 시집이 도착한다

신간이 왔다, 그는 늘 불안하고 조급하다
급한 것은 그가 아니라 인쇄된 그들의 시
발신인을 본다, 그다

'그다'는 신간으로 와서 곧 사라진다
UFO처럼
우리는 함께 이 지상의 한 언어를 사용하지만
공평한 방식의 나날을 보낸다

'그다'도 이 가지 저 가지 꼭대기로 건너다닌다
나의 언어도 공중에서 피뢰침과 구름의
폭발과 메타포가 되다가 무(無)로 사라지고 싶다

중력과 인간의 피 때문에
어제도 신간이 왔다가 환상을 만들고 떠났다

한그루 나무로라도 날개 부러진 종이 시집이
묶일 수 있을까
영혼 속에 집어넣을 수 없을까

당신의 하루로 모든 시가 써질 수 없을지라도

종이봉투 안에서 그가 덜거덕거리며 도착했다
시집은 외계 문자와 꿈의 제본
발신인을 본다, '나다'

인형괴뢰사

가랑이를 벌리고 서 있는 사람 그 사람
가위다리를 하고 서 있는 사람 그 사람
빌딩 옥상에서 서서 울고 있는 사람 그 사람
그 아래 한쪽 무릎을 구부리고 서 있는 사람
그 사람
그 뒤에 팔짱을 끼고 서 있는 사람 그 사람
그 길가에서 무릎을 꿇고 있는 사람 그 사람
귀찮은 사람들
그리고 계단 아래 바닥에 엎드려 있는 사람
멀리 주머니에 손을 찔러 넣고 서 있는 사람
또다른 사람, 사라지지 않는 사람의 사람
사람, 사람
내일도 부동자세로 그 자리를 지키고 서 있을
철제 의자엔 아이들도 새도 앉지 않는다
다시 빨간 녹이 슬고 독이 오르고 있는 의자

총알오징어

새끼 오징어 열마리가 얼음 조각 위에 누워 있다
얼음 조각은 얼음 조각끼리 붙어서 또 얼고 있다
머리 위에선 하얀 영하의 부드러운 입김이
쉴 새 없이
덮어씌우기를 계속한다 설산에서처럼 불어온다
창자도 얼고 눈알도 얼고 뼈도 얼었다
나를 들여다보는 한 남자의 눈만 얼지 않았다

마치 어느 생물의 성기같이 생긴 것 같기도 한
저 추운 속초 앞바다나 주문진 밤바다 어디서 걸어온
아무것도 아닌 은빛 오징어 낚시에 걸려 온
그 이름도 슬픈
총알오징어 열마리가
치마를 감듯 제 몸을 휘감고
남의 꿈처럼 나란히 서 있다

꽃씨

아직까지 알려지지 않은 사실이 있었습니다

모든 꽃은 자신이 정말 죽는 줄로 안답니다
꽃씨는 꽃에서 땅으로 떨어져
자신이 다른 꽃을 피운다는 사실을 몰랐답니다

사실 꽃들은 그것을 모르고 죽는답니다
그래서 앎대로 꽃은 사라지고 꽃씨는
또다시 죽는답니다

모진 추위에 꽃씨는 얼어붙는답니다
얼어붙는 꽃씨들은 또 한번 자신들이 죽는 줄로 안답니다
다시는 깨어나지 못한다고 생각했습니다

다른 약속과 숙지가 없었습니다
오직 죽음만 있는 줄로 알고 있었습니다

꽃씨들은
꽃을 피웠지만 다시 살아난 것이란 사실을 알지 못했습니다

생각할 수 없는 일들이었습니다
그래서 모든 꽃은 자신의 존재를 알지 못합니다
자신의 작년의 꽃을 모릅니다

그 마지막 얼었던 꽃씨들만 소란한 꽃을 피운답니다
돌아온다는데 꽃이 소란하지 않고 어쩌겠습니까

폐렴의 시대

언제나 폐렴의 시대였다

그들이 젊었을 때도 폐렴의 시대였다
우리가 늙은 젊은 그들의 이 시대도 폐렴의 시대다

폐렴의 시대는 뒤돌아 눕는다
희망과 성장은 다른 이의 절망과 어둠이 되었다
폐렴은
벽을 향해 누워 돌아보지 않는다

그 멀고도 어두운 곳으로 기침을 한다
기침은 죽음의 근처까지 다가간다
우리가 뛰어왔던 그곳
해남, 속초, 부안, 부산, 울산까지 울리지만
가지 못한다

이 끝없는 진심의 미도착증과 미끄러짐과 가로막힘은
그들에게 못 가는 내일도
우리에게 오지 않는 모레도

나는 폐렴 속에 안겨 있다

나의 병상은 폐렴의 피와 가래로 얼룩졌다

나는 그의 나의 얼굴을 본 적이 없다

내부의 나뭇가지

새 한마리가 내부의 나뭇가지에서 탈출을 시작했다

나뭇가지는 자라면서 새의 탈출을 방해한다
나뭇가지에 앉기를 나뭇가지들은 바란다
사방으로 뻗어나간 날카로운 가지들은
새의 발에 딱 맞게 자랐다

어디에서도 앉을 수 있는 나뭇가지들이 퍼져 있다
아침마다 햇살까지 들어왔다
퍼지지 않고 닿지 않는 곳이 없다

그래도 새는 그 나뭇가지를 벗어나고 있었다
수십년 동안
이 나뭇가지 속에서 눈을 맞고 비를 맞고 살았으면서
그 나뭇가지를 탈출하고 있었다 오늘까지
몸부림은 게놈의 구조와 질서 안에서 벗어나려는
하나의 죽음 충동 같았다

나뭇가지에서 벗어난 새는 다시 생을 받지 않을 것이다

아침에는 새가 호루라기처럼 울고 있다
아마도 그가 떠난 뒤 그 나무도 죽었을 것이다
아직도 그 흔적이 인간의 내부에 남아 있다

그대의 나여, 검수(劍樹)의 나뭇가지에서 벗어나자
돌아간 것이 다시 살아서 돌아오면 안 된다

어느 빌딩의 일조권에 대해

이 빌딩은,
아침에 남산이 가리고 오전부터 저녁까지
앞 빌딩이 해를 가린다

여름 한 철 잠깐 햇살이 들어온다
여자는 얼른 화분을 햇살들 쪽으로 옮겨놓는다
시간은 딱 오분

진짜 하늘의 햇살이 와 닿는 순간
아이들은 기절한다 박수를 치다 졸도한다
그러다 저녁부터 몸살을 앓는다

이렇게 한 보름간 햇살은
빌딩 옥상 아래층 거실 한쪽을 더듬듯 지나간다
다시 어느날
햇살은 사라진다 사라진 것은 돌아오지 않고
돌아오지 않는 것은 기다리지 않는다

저 고층 빌딩에게 어떻게 말을 붙일 수 있을까

빌딩님,
조금만 오른쪽으로 비켜주실 순 없으시겠지요?
하고

처음부터 뭔가 잘못되었던 게지요 우리가
아니요, 처음부터 잘못된 것은 없었습니다

부패의 세계 속에서는

부패의 세계 속에서는 어떤 정국(政局)이 펼쳐졌는가

얼굴 앞에는 날카로운 잔이빨들
꿈의 유혹을 받아들이는
역류에 의지한 채 커다란 상처를 내면서
그 상처 구멍으로 들어가 비명을 물어뜯는다

어떤 말의 명령들이 조각조각 떠돌아다닌다
소리 없는 말의 입자와 그림자 들이
광속으로 달려간다
부패의 세계 속에는 말의 악취가 진동한다
부패는 정화를 지배하고
부패는 정화보다 더 소멸적이고 생산적이다

어서 먹어치워라, 말을 덥석덥석 먹어치워라, 말을
가면을 쓴 뇌의 권력구조 그대는
매일 아침마다 스트레스, 과일 토스트를 먹어치운다
계란을 깨어 먹고 우유를 마신다
우리를 괴롭히는 것은 적이 아니다

고통 자체가 고통의 부패를 시작한다
하나의 돌로 이루어진 도시를 양분하는 물속 정국
속에서 우리는
부패는 부패를 정화하면서 부패한다

부패는 끝없이 하역되고 조달된다 또 아침마다
우유는 조간과 함께 배달된다

그 도시, 백층 기념 축시

이제부터 다른 무엇이
발생한다

나는 그 백층 허공이 지나가는 피뢰침이나
거머쥐고 싶어진다
차가운가 어지러운가 환영인가 전율인가 천추(天樞)의
거대한 일일 일회전은
서울 땅속을 한바퀴 돌아서 나올 것이다

우리가 그 창건 기념을 다 소화할 수 있을까
우리를 우리답게 하는 첫걸음부터 착각하면서

나는 너를 처음 첨(尖)이라 이름 붙인다
매일 서울의 저 어두운 아침으로 돌아올 것이며
그대는
오늘부터 저 미래를 향해 아득해져라
삶은 물론 죽음 속에서도
네가 항로 표시등으로 혼자 반짝일 것이고
우리의 일부는 언제나 네 주변을 맴돌 것이다

귀가가 늦지 않도록 말이 더 늦어지지 않도록

이미 그는 마천루 입구에서 비를 피해 서 있다
구십팔층을 밑에 둔 구십구층이 되는 그쯤의
작은 우산

모든 도시는 망각의 눈을 감을 것이다

뭐 저런 것쯤은 아무것도 아니긴 하겠지만
서울의 동쪽 백층에서
우리의 다른 시간이 시작되었다

슬픈 거실(居室)

차별과 격리, 집중과 선택
그리고 가책과 윤리는 사치가 된 지 오래다

사람 키만 한 냉장고 골판지 대형 박스를
어디서 가져온 것일까

시청 지하도는 나로부터 너무나 멀리 있다
일억광년쯤
자동차 타이어와 쇠가죽 구두와 빗물과 침묵의 소리
밑에 있는 그들의 꿈

크리스마스캐럴이 가장 먼저 터져나오는 곳으로부터
가장 가까운 종이 박스 속에서
금색과 은색의 음악은
금관악기의 창자 속에서 악, 흘러나온다

복명 소리
뚝, 똑, 똑 물방울 떨어지는 냉장고 천장 바닥에
그의 형과 아버지와 처남과 아내와 아들은

들어가 혼자 자고 있다

마스크를 쓰고 검은 모자를 쓰고
장갑을 끼고 신문지를 덮고

시신처럼 얼마나 위대한 것들을 망각해야 하는지

시의 옷을 입다

도시에서 시가 죽었다고 마음속에서도 시가 죽습니까

저 문명 속에서 매일매일 죽은 시들은
그들의 마음속에 묻힐 것입니다
시는 죽음 속에서 흙을 밀어올리고 피어날 것입니다
시는 마지막 날을 자기 눈 속에 떠올릴 것입니다
겨울나무 가지를 지나가는 삭풍의 기억으로
먼 훗날 차라리 죽은 시들을 찾아 꺼내 읽을 것입니다
그 시의 이름과 말들
나의 검은 손을 들어 바라보듯이

지난 계절에서 다음 계절로 건너가는 이 시간 속에서
누가 시를 쓰고 있나요

플랫폼에 내리는 시, 다시 떠나는 열차

1

수많은 시인들이 지나간 이 플랫폼은 시 스스로가 미완의 자기 형식을 감지하는 중간역이다. 시는 자신이 써질 때와 지면에 발표될 때와 시집으로 묶일 때 깨어난다. 자신이 떠나온 변방을 기억하면서 시는 지금도 자신을 쓰고 있다. 삶이 짜내는 함량의 즙 같은 꿈과 의미를 몸의 공허만 한 포옹으로 꼭, 껴안는다.

십여년 뒤에 이즈음을 양평에 살고 있을 때라고 쓴다. 북쪽으로 흐르는 해넘이의 강물, 그 검은 능선은 항상 예리하다. 포장 밖으로 드러난 흙과 공기 속의 가로수들은 어제보다 검다. 개천, 주유소, 신호등, 역사(驛舍), 산과 하늘 곳곳이 새로운 이름을 내걸었다.

"왜 그러고 서 있니? 나가려고?"

여치의 수염을 만지고 싶어 주머니에 손을 넣자 이런 말이 들려온다. 시는 약간의 불안을 느끼며 가능성의 회의에 잠긴다. 사정이 이렇더라도 길은 같이 가지 않는다. 언제나 길은 타자처럼 건너편에 서 있다. 우리는 서로 다른 언어와 마음을 가진 저 돌과 풀이다. 나도 그 풀과 돌의 시에 도착하지 못했고, 그 시도 나의 마음에 도착하지 못했다.

시가 입원해 있는 것 같다. 사거리 건너편에 서서 병동의 창을 쳐다보면 인화가 되지 않는 소통들이 반짝인다. 블라인드에 가려진 불빛 아래 보도블록에 바람이 불고 어둠 속으로 시의 발소리가 사라진다. 나는 이곳에 줄곧 남아 있다.

2

시의 내부는 평온하고 고적한 것이 아니라 불안하고 소란하다. 그것은 육체 속에 있는 감정의 신진대사와 같다. 불안과 소란이 없는 시는 없다. 백여년 전의 「진달래꽃」도 「님의 침묵」도 불안하고 소란하다.

시는 그 불안과 소란 사이를 돌아다니며 기억하고 방황한다. 그 기억과 방황의 마디는 생의 기약이고 아픔이다. 영 점일 밀리의 점 안에 모인 미지의 점정(點睛)에서 금 같은 것들이 비명을 지른다. 그 소리의 세계에서 쓸모없는 쪽으로 기우는 언어만 아파한다. 그때마다 시는 주체를 외면하고 나그네가 된다.

그 시들과 나는 비와 풀의 관계에 놓여 있다. 그때부터 현재로의 회귀를 꿈꾸는 자아가 있음을 몽둥이를 맞는 물고기처럼 깨닫는다. 이곳에서 시는 중지된 자신을 느낀다. 조금 어둡고 낯선 풍경 속에 드러난 글자들의 모양, 경험 이전의 아프리오리, 생의 의미 찾기 그 자체가 낯선 초월이었다.

그때 시는 하나의 꿈을 만지는 것 같은 유사(類似)의 기쁨과 소멸을 겪는다. 그러나 언어의 그림자에 시는 좀더 빛을 비춰주지 못한다. 시는 자신의 길을 가면서 자신을 잊고 보상의 조건을 피해 간다. 새로운 마음의 시간을 쫓는 시는 내재적 중지와 초월의식 때문에 위태롭다. 모든 것이 흔들어대면서 움직이길 강요하기 때문이다.

이곳에 무적(無適)의 공간은 없다. 긴장과 불안의 언어는 비시적 장애를 거쳐 향실(香室)로 돌아오려 한다. 이것을 시적 치유 공간으로의 회귀라고 할 수 있다. 시는 그와 같은 자취와 은유, 행방불명을 자기초월이라 믿고 그 현재 속에서 무작(無作)의 소멸을 꿈꾼다.

한 생애와 시대가 지나간 뒤에도 수문을 두드리는 물소리가 들린다. 시는 '달'의 언어처럼 한번도 현시(顯示)한 적 없는 그 초월의 허무 속에 서 있다. 시의 이것은 아직 아무에게도 지나가지 않았거나, 지금도 그곳에 남아 있거나 버려져 있다. 씌어진 시는 다행히 그가 밟은 자국일 뿐이다.

서서 보며 울 것들이 많지만 눈이 맞지 않는다.

3

시가 세계와 윤리, 형식으로부터 면피된 것은 아니다. 그렇다고 그것에 묶여 있는 전속(專屬)도 아니다. 언제 어디서나 시는 집단의 소속과 기제를 거부한다. 동시에 그 어떤 시도 고통과 기쁨을 나누는 데 동행하지 않은 적이 없다. 감추어지면서 죽음의 도금을 머리에 장식하고 생명의 끝없는 반복 수행을 이어간다.

그가 하나의 이름으로 정의될 수 없는 까닭이 있다. 시는 죽음을 가슴에 품지 않고선 삶이 될 수 없고, 삶을 등에 업지 않고선 죽음에 진입할 수 없음을 안다. 모든 꿈을 갈망하는 언어의 약속으로서의 시는 현실보다 더 현실적이고 환상보다 더 환상적인 곳에서 피어난다. 모든 시가 모이는 공점(共點)의 그 심층심리의 무늬는 예언자의 것도 시인의 것도 아니다.

현실 속에 갇힌 영혼의 기억에게 마음의 기적들이 언어로 나타나길 바란다. 그 비밀의 눈이 떠지지 않는다면 시인의 존재 가능한 기회는 지나간 것이며, 그것은 이 세계가 초월의 꿈으로서 텅 빈 광(壙)을 이룬 셈이 된다. 나의 시는 언어의 기억 되찾기를 망각하고 초미세먼지와 질병, 폭염 등의 돌연한 비상 속에 갇혀 있다.

아무도 찾아오지 않는 텅 빈 거울 밖에서 그들은 허송세월할 수도 있다. 그 텅 빈 세월이 시가 살지 못한 생애일지 모른다. 불가능하게도 시는 때때로 죽음 뒤쪽에서 삶이 자신과 이 세계를 인식할 수 있기를 바란다. 그때 시는 내부를 향해 참회하거나 절규할 것이다.

개밥바라기가 떠 있는 골목에서 지구의 아이들이 뛰어노는 풍경은 이미 상상되지 않는다. 어느 광목(廣目, 서천)의 신이 비명을 지를 리 없다고 가르치고 배웠다. 모든 상상과 신비는 그 아이들 앞에서 매장되었다. 오염 물질을 제거해서 얼마든지 쓸 수 있는 지상의 시간이 있는 것은 아닌 것 같다.

마냥 우리를 기다리지 않는 그 시간의 기척은 초월이 없는 시인의 뿌리처럼 침묵한다.

4

어느날, 그는 어둡고 우울한 곳으로 하강한다. 눈보라가 치는 상피조직의 내부에서 빗소리를 듣는다. 마음을 흔드는 날카로운 노크 소리에 다급한 비밀이 숨어 있다. 이때에도 시는 아프리오리와 초월과 죽음을 두려워하거나 난해해하지 않는다. 그것들은 언젠가 번쩍, 나를 던져버리거나 지나갈 것이다.

겨울은 이미 겨울을 초월했고 진(震)의 동쪽 구름 속엔 천둥과 번개가 친다. 그 천둥이 치면 코끼리 어금니에 꽃이 핀다. 2000년대가 2010년대를 초월하고 2010년대가 2020년대를 초월하면 다시 그 얼굴들을 볼 수 없다. 가버린 과거가 더 먼 미래로 돌아선다. 초월은 초월을 초월해서 달과 지구처럼 서로의 마음을 비출 것이다.

시대는 항상 떠나고 수정 불가한 표상으로 남는다. 어떤 떠남의 분리와 남겨짐의 소여(所與)를 붙여놓을 순 없다. 분리됐을 때 서로의 자신을 찾지 못한다면 죽음은 또다른 삶을 바치고 갈 수밖에 없다. 삶을 초월해온 죽음이 그러지 못할 이유는 없다. 다만 나에게 시는 초월 속에서 방황하는 빗방울이고 바람이다. 비는 길바닥, 머리카락, 옷자락에 떨어지고 깨어지고 사라진다.

시가 활짝 웃으며 찾아온 적이 없고 시에게 무엇을 강요한 적이 없다. 오히려 시는 분배된 미완의 자기 형식을 그곳에 제공하는 일을 의심거나 마다하지 않는다. 다른 길이 있었다면 시는 이 길을 걸어오지 않았을 것이다. 시는 달이 지구 그림자 속에서 빠져나오며 다시 살려내는 개기월식의 은빛 가장자리를 조금씩 떼어 먹고 살아간다.

젊은 시인의 영혼만이 그의 병을 대신 앓으러 초월 속으로 돌아간다.

5

마음속에 우뚝 솟아 해안을 뛰어가는 산봉우리에 걸려 있는 구름이 있다. 표현하기 어려운 감정을 가진 쓸쓸한 시적 소요를 대행하는 능작인들은 어딘가에 부족된 채, 미래가 준비한 어둠을 예감하지 못한다.

언제부터 시적 진실을 운운하면서 오늘은 내가 없는 먼 과거 같고 또 저 거리의 모든 비역사적 사물들이 나와 다르지 않다는 이 시적 감정과 선입견은 어느 시사(詩史)로부터 유전된 것일까. 평양냉면 한그릇을 비우고 초월하는 그 과거의 오늘을 지나간다. 얼음 앞에서 자기 생애를 초월한 비선대는 젊은 날의 시린 가슴을 가지고 마른 골목에 쏟아지는 눈으로 방황할 수 있을까.

그렇게 시인이 되는 것보다 시가 되고 싶다. 시는 아파하고 절망하고 지체되고 소외된다. 시인들은 떠나고 액자 속의 시는 바뀐다. 시적 내상을 남기고 가는 시객(詩客)들인 까닭이다. 시가 자기 시대와 형식에 갈등하면서 금의환향의 꿈을 가졌을 리 없다. 아직도 시는 줄기 속에 서서 다른 언어를 고대하는 다른 형식의 기약이다.

모든 시인의 시처럼 나의 시도 구제를 요청한 적이 없다. 오늘을 향한 개시(開始) 때부터 모든 사태와 우울을 작은 바늘구멍으로 해결할 희망과 믿음을 가졌던 것은 아니다. 분란이 여전한 저 황량하고 폭력적인 문법 사회를 다시 단출해진 시와 시인은 벗어날 필요가 있다.

시에게는 자살과 타살이 있을 수가 없다. 어떤 경우에도 세계와 함께하는 불가분의 유기체이기 때문이다. 그 노선에 일상의 과속과 오염에 대립하는 긴장과 불안이 있을지언정 평화와 안주는 없다. 죽음과 삶은 그 형식 속에서 언제나 아우성칠 뿐이다.

한여름의 짙푸른 산봉우리는 어디쯤 가고 있을까. 눈록의 산야가 열리려고 흐린 날이 추적추적 비를 놓는다. 다시 시를 만나러 가고 싶어지는 때이다. 거리와 시장에서 너와 나는 긴 비를 맞는 봉우리가 되고 항구가 된다. 아직도 시는 우리를 지나가지 않았다.

시는 믿을 수 없는 것들 속에서 존재한다. 경황없는 세월 속에서 한편의 시를 쓴다는 것은 멈추어본다는 포즈이며, 한편의 시를 발표한다는 것은 또 부단한 떠남의 결의이다. 시는 플랫폼에 내리고 열차는 다시 떠난다. 방황은 시 앞에서 머뭇거린다. 언제나 그는 비정치적이면서 정치적이었고 본질적이면서 초월적이었다.

땅에 떨어지는 빠른 빗방울처럼 재촉해서 남은 길을 시여, 어서 뛰어가자. 바람이 뿔을 뚫고 가듯이 말이다. 그가 도착하지 않아도 시는 이미 그곳에서 살고 있는지 모른다. 육년생 아로니아들은 매일매일 그 자리에 서 있으면서 매일매일 가고 없다.

흔들리는 언어의 모형 건축은 서정적 실루엣의 이미지만 남긴다. 경계를 벗어났을 때 KTX-산천(山川)호는 해풍을 쐬고 있다. 유니크하고 발랄하지 않아도 시간은 그 바다 위에서 반짝인다. 이층의 LED 불빛이 환해서 어두운 눈구멍의 정신이 뚫리고 대대(對對)의 초월은 일상이며 저 앞뒤로 아비달마가 뛰어논다.

아직 나는 불안하고 소란한 시가 뛰어가는 방향을 모른다. 시인이 밟은 선행의 땅은 조용하고 시의 가지와 바람은 몹시 흔들린다.

2020년 코비드19의 봄, 양평에서

고형렬

창비시선 444

오래된 것들을 생각할 때에는

초판 1쇄 발행 / 2020년 5월 20일

지은이 / 고형렬
펴낸이 / 강일우
책임편집 / 한인선 박문수
조판 / 한향림
펴낸곳 / (주)창비
등록 / 1986년 8월 5일 제85호
주소 / 10881 경기도 파주시 회동길 184
전화 / 031-955-3333
팩시밀리 / 영업 031-955-3399 편집 031-955-3400
홈페이지 / www.changbi.com
전자우편 / lit@changbi.com

ⓒ 고형렬 2020
ISBN 978-89-364-2444-2 03810